# 절찬리 육아중

아들 때문에 울고 웃는 엄마들을 위한 육아♀그림 에세이

절찬리
육아중

엔쮸(장은주) 글·그림

21세기북스

# 마음만은 여리여리,
# 아들 셋 엄마의 일상은 여전히 '초면'입니다

처음 배 속에 아이가 자리 잡았다는 사실을 알게 되었을 때가 떠오른다. '나'라는 인간 하나도 감당하기 힘든데 이토록 조그마한 생명을 내가 잘 키워낼 수 있을까, 설렘보다 걱정이 더 컸던 시절이었다. 마냥 어린 엄마였던 내가 어느덧 초등학생과 중학생을 둔 학부모가 되었다. 아이들을 키우면서 단 한순간도 육아 앞에 자신만만했던 적이 없었다. 지금 내가 잘하고 있는 건지, 혹시 내 잘못으로 아이에게 나쁜 영향을 끼치게 되는 건 아닌지, 수없는 자책과 실수를 해가면서 아이를 키워왔다.

그 수없이 많은 자책 속에서 '괜찮아, 너 지금 잘하고 있어.' 한 번도 스스로에게 우쭈쭈해주지 않았던 게 지금 생각하면 참 아쉽다. 아이가 아플 때, 넘어지거나 다쳤을 때, 밥을 잘 안 먹어 살이 안 찌고 또

래보다 성장이 더딜 때에도 그 모든 것이 온전히 내 잘못인 것만 같았다. 엄마의 잘못이 아닌데도 그저 엄마라는 이유로 아이들에게 미안하고, 또 미안했던 지난날들. 아이들도 커가면서 하나둘 세상에 적응 중이었던 것이고, 나 또한 엄마가 처음이라 적응해가고 있는 것일 뿐이었는데 말이다.

이제 막 첫아이를 키우기 시작한 분들. 혹은 첫째 육아를 지나 둘째를 돌보고 있는 분들. 둘뿐 아니라 셋째, 넷째, 다둥이를 키우시는 분들…… 이 모든 분에게 이야기를 건네고 싶다. 지금 충분히 잘하고 있다고. 그 누구도 엄마에게 칭찬의 말을 건네주지 않고, 모든 게 엄마 탓이라고 해도, 엄마인 나만큼은 스스로를 제대로 아껴주자고. 나 스스로에게 무한 칭찬을 하며 지내자고 말해주고 싶다.

육아를 잘하고 있는지, 아이를 제대로 키워가고 있는지 막막하고 두렵기만 했던 시간이 지나고, 하나하나 아이와 배워가며 함께 자라났던 지난 시간들을 떠올려보았다. 흔히 아이가 셋이면 육아쯤은 그냥 누워서 떡 먹기 아니겠느냐고 묻곤 했다. 나의 대답은, 놉! 전혀 그렇지 않다. 아이가 하나든 둘이든 셋이든, 육아는 자녀 수에 정비례하지 않는다. 아이가 다 컸다고 육아가 결코 쉬워지지만은 않는 것과 비슷한 맥락이지 않을까. 기저귀를 떼고, 대소변을 가리고, 아이 혼자 이 닦고 세수하고 옷을 갈아입게 되면서 엄마 손이 확실히 덜 가게 되지만 그 대신 친구 관계, 유치원 생활, 성장 속도 등등 다른 쪽으로 신경 쓸 것들이 늘어나기 때문이다.

지금도 나에게 육아는 그저 어려운 일 중 하나다. 하지만 나를 보며 쌩긋 웃어주는 꿀 같은 아이들의 사랑스러운 모습이 어려움을 딛고 헤쳐나가는 힘을 준다. 아이가 셋, 그것도 남자아이 셋이라면 좋게 말해 천국행, 나쁘게 말해 '목메달'이라고들 우스갯소리를 한다. 아이들 어렸을 때 셋을 데리고 나가면 어디서든 주목을 받으며 관심 어린 시선을 느껴야 했다. 아직까지도 어디를 가든 단번에 주목을 끄는 가족임에는 틀림없다. 그래도 지금은 그런 시선쯤은 웃어넘길 만한 여유가 생겼고 세 아들이 곁에 듬직하게 있으면 세상 부러울 것이 없다.

이리 치이고 저리 치여 삶이 녹녹치 않은 순간마다 나를 일으켜주는 것은 다른 누구도 아닌, 나의 아이들과 남편이다. 어느덧 15년 차에 이르는 엄마지만 유리구슬 멘탈은 여전하다. 아들 녀석들 일이라면 크든 작든 벌떡벌떡 놀라며 쿵쾅쿵쾅 심장이 벌렁거려서 '초보' 딱지를 아직도 제대로 못 떼고 있구나, 싶다. 이렇듯 아직 어리숙한 엄마이지만, 매 순간 아이와 남편과 서로 믿고 의지하면서 으샤으샤 해주는 힘으로 버텨낸다.

이 책은 육아의 쏠쏠한 비법과 전략이 담긴 육아서가 아니다. 옆집 또는 아랫집, 동네 어귀에서 흔히 마주할 수 있는 아이 엄마의 평범한 일상을 글과 그림으로 기록한 책이다. 세 아이를 키우는 동안 틈틈이 짬을 내어 그림을 그리고 메모한 것들을 한데 담으니 기분이 묘하다. 이 책을 읽는 분들이 조금이나마 따스한 공감과 위로를 느끼신다면 더 바랄 것이 없다. 얼핏 특별할 게 없는 듯 보이지만 실은 찬란하게 빛나는 순간들이 모여 육아하고 살림하는 일상을 이루고 있음을……. 나 혼자 이렇게 복닥거리며 살고 있는 게 아니구나, 이 또한 지나가는구나 생각하며 삼형제 이야기를 읽어주면 좋겠다.

2019년 겨울
모든 육아 동지 부모님들께
엔쮸 드림

차례

## 4장.
## 엄마는
## 아이와 함께
## 자란다

# 5장.
# 걱정 마요,
# 충분히
# 잘하고
# 있어요

# 1장

# 아들 다음에 아들,
# 그리고 또 아들?

에피소드 1

# 다시 또 시작

20대 중반, 대학을 졸업하고 입사한 첫 직장에서 지금의 남편을 만났다. 처음엔 좋은 직장 선배로만 알고 지냈다. 그러다 내가 직장을 관두게 되었는데, 이후로도 계속 연락을 주고받다가 연애하고 결혼을 하게 되었다. 나는 바로 큰아이를 낳았고 시어른들의 배려로 다시 직장에 나가서 일할 수 있었다.

일과 육아를 병행하기 힘든 시대에 다행스러운 일이라고들 이야기했지만 나의 속사정은 조금 달랐다. 친구들이 퇴근 후 데이트하고 술 마시러 갈 때, 곧바로 집으로 달려가 아이를 봐야 했다. 야근한다고 해도 누구 하나 눈치 주는 사람이 없었지만 나는 아이의 눈치가 보였다. 아니, 눈치라고 하기보다 엄마가 낮 시간을 함께해주지 못한다는 것에 대한 죄책감이라고 하는 게 맞다. 내 나름 아이에게 보상을 해줘야 한다고 생각했다. 퇴근하고 집에 돌아와 아이랑 그림을 그리고 기차놀이를 하는 등 아무리 피곤해도 이 한 몸 다 바쳐 열정적으로 놀아주었다.

시어른들과 함께 살다가 분가를 준비하던 중에 둘째 녀석이 우리에게 왔다. 큰아이를 오롯이 혼자 키우지 않았기 때문에 분 가하고 홀로 큰아이를 보면서 둘째의 임신과 출산을 한다는 것 은 정말 만만치 않았다. 결혼한 지 6년 만에 마련한 나만의 첫 살림. 비록 전세지만 우리만의 첫 집. 그래, 이러한 행복을 누릴 수 있으니 힘든 것쯤은 얼마든 참을 수 있다고 생각했다. 그러나 내가 강철 로봇도 아니고, 힘든 건 힘든 거였다. 이것은 결코 부 정할 수 없는 현실이었다.

결혼 6년 차, 두 아이의 엄마라면 어느 정도 육아 스킬이 생길 줄 알았는데……. 천만의 말씀, 만만의 콩떡!

당시 나는 요리도 잘 못하는 데다 아이 돌보는 것도 어리숙했 다. 애가 아파서 울면 같이 울었다. 그렇다고 도와줄 시댁이나 친 정, 지인도 가까이 없는 터라 그야말로 외딴섬에 나 혼자 떨어진 기분이었다. 그래도 시간이 흘러 둘째가 돌 지나고 아장아장 걸을 때쯤 되니 육아도 어느 정도 손에 익고 이제 좀 살 만하다 싶어졌다. 둘째를 좀 더 키우면 어린이집에 보낼 수 있겠지. 그러면 나도 다시 일을 하든 공부를 하든, 하다못해 개판 5분 전인 집 안이라도 정리할 수 있겠지. 짧게라도 나만의 꿀 같은 휴식을 취할 수 있겠지, 오호호…….

그야말로 크나큰 꿈에 부풀어 있었다. 여자의 육감이라는 것은 왜 그럴 때면 딱 들어맞는 것일까? 뭔가 쎄~한 느낌. 남편 몰래 임신 테스트기를 사와서 아침 일찍 화장실로 들어가 테스트를 해보았다. 설마 아니겠지, 아닐 거야 하는 생각으로. 내가 너무 오버한 거라는 생각으로.

'아~!! 혹시??'

임신 테스트기를 보는 순간……. 수많은 생각들이 머리를 스쳐 지나갔다.

'혹시 딸이면? 아냐 아냐, 뭐래! 미쳤어!
이제 좀 살 만한데?? 또다시 육아??'
'친정엄마한테는 뭐라고 하지?'

시부모님께서는 뭐라고 하시려나?'

'부부 사이 겁나 좋은 줄 알겠네.'

오만 가지 생각으로 머릿속이 복잡해졌다. 아 근데, 주책없이 눈물은 왜 이리 나는 건지! 이 눈물의 의미가 뭔지 도무지 알 수가 없었다.

나는 남편에게 셋째 임신 소식을 알렸고, 남편은 조용히 나를 도닥여주었다. 그도 그럴 것이 첫째인 것도 아닌데다, 남편은 분만실에 들어가 두 아이의 출산 과정을 모두 함께했으며 출산뿐 아니라 육아가 얼마나 힘든지 잘 알았기 때문이었다. 그도 아마 생각이 무척 많았을 것이다. 우리에게 온 생명이니 우리가 책임지는 게 맞다고 생각하면서도 한편으로는 어찌나 걱정이 되던지…….

예전에 만화를 보는데 하늘나라에서 아이들이 엄마아빠를 선택해서 내려오는 내용을 본 적이 있다. 아니면, 진짜 삼신할머니가 있어서 아이를 점지해주시는 거라면? 정말로 그런 거라면? 이 아이와 우리는 너무나 확실한 인연인 거겠지? 그런데 왜 눈물이 나냐고…….

절찬리 육아중

이제 숨 좀 돌리나 했더니만
다시 또 시작이라니….
어떠한 어려움이 있을지 알기 때문에
더 두려웠던 임테기 두 줄…
또 한편으로는 얼마나 예쁠지 알기에
가슴이 콩닥거렸던 이상한 날.
나 이제 어쩌면 좋지?
주책없이 눈물은 왜 또 나는 거래.

아들 다음에 아들, 그리고 또 아들?

# 인생,
# 대단할 게 뭐 있나요

결혼과 동시에 첫아이를 임신했고 시어머님이 아이를 돌봐주셔서 출산 이후에도 직장 생활을 무리 없이 할 수 있었다. 하지만 둘째 때는 상황이 달랐다. 또다시 육아를 부탁드리기에는 시어머님의 건강이 좋지 않으셨고, 회사를 관두면서 분가했기 때문에 자연스레 내가 아이를 돌보게 되었다.

　사실 둘째를 가지기 전 꽤 큰 회사에서 면접 제의가 들어왔었다. 물론 면접을 본다고 무조건 합격한다는 보장은 없었지만, 그쪽에서 내 경력과 포트폴리오를 보고 먼저 연락해온 것이니 합격 확률이 높았을 터. 다시 일을 하느냐, 마느냐 이제 와 솔직히 말하자면 그때 마음이 굉장히 갈팡질팡했다. 그렇지만 고민 끝에 면접을 포기했고 시댁에서 분가하면서 둘째를 갖기로 계획했다.

몇 년 동안은 아이들을 키우면서 정말 그림 한 장 그리지 않았다. 그래서일까. 마음 깊숙이 내 일에 대해 늘 목이 말라 있었다. 나 말고 다른 많은 엄마들도 비슷한 기분을 느껴봤을 것이다.

결혼 전, 그리고 아이를 낳기 전에는 온전히 '나 자신'으로 존재했는데 결혼하고 아이를 낳고 나서는 내가 없어진 느낌! 며느리, 누구누구 엄마, 아내, 새댁, 아줌마가 내 이름이 되어버렸다. 순간순간 사랑스럽지 않을 때가 없는 내 아이들이지만, 나는 누구? 여긴 어디?

대충 묶은 머리, 화장은커녕 세수나 제대로 하면 다행이고, 무릎이 볼록하게 나온 바지, 언제 묻었는지 딱딱하게 짓이겨진 밥풀떼기가 붙은 옷…….

모든 상황이 무료하고 답답해질 때면 마음 한구석이 꽉 막힌 듯했다. 그러다 가끔 친구들을 만나면 일하느라 바빠서 이제 연애하고 있는데 언제 결혼해서 너처럼 가정을 만드냐, 하고 부러움과 존경을 받기도 했다. 그래, 원래 남의 떡이 커 보이는 법이니까…….  홀가분하게 여행을 다니고 자유롭게 연애하는 친구들

절찬리 육아중

이 부럽긴 하지만 나는 후딱 애 키우고 그 친구들 육아 시작할 때 자유롭게 여행이나 다녀야지! 그래, 그럼 되는 거지, 아암.

　일단, 내 앞의 이 녀석들부터 해치워야겠다. 놀이터에서 얼마나 신나게 놀았는지 온통 거무죽죽 까마귀사촌이 되어 돌아온 첫째 녀석. 잠깐 못 본 사이 싱크대를 뒤져 통깨 양념통을 뒤엎고는 까르르 좋아하는 둘째 녀석. 첫째가 바지주머니를 툴툴 털 때마다 떨어지는 모래와 둘째가 엎어놓은 통깨가 완벽한 컬래버레이션을 이루고 있는 것이다. 오 마이 갓! 아주 난장판이구나~.
　둘째 녀석은 통깨통 엎지른 김에 오감놀이 하라며 내버려두고 큰아이는 목욕탕에 들여보내 욕조에 입욕제를 넣어 거품 놀이를 만들어주었다. 그러고 나서 부엌으로 다시 가보니 모래와 통깨로 범벅이 된 둘째 녀석이 어찌나 행복하게 웃어대는지! 그깟 통깨가 뭐라고 이토록 행복해하는 걸까. 그래, 지금 내 앞에는 나를 엄마라고 믿고 따르는 미치게 사랑스러운 두 아들내미가 있고 배 속에는 꼼지락거리는 젤리곰 녀석이 있다.

지난 시간을 그리워하면서 지금의 현실에 불만을 가지기보다는

오늘 하루 아이들이 건강하고 재미있게 놀았다면,

그거면 된 거다.

　나를 사랑해주고 내가 사랑해 마지않는 이 남자들과 배 속에 꼬물이까지 모두 건강한 하루하루, 평범하여 더욱 빛나는 지금 이 시간들이 참 좋다고 주문을 외워보자. 그나저나 아드님아!! 그 통깨는 국산 통깨라 비싼 건데 다음번 오감놀이는 좀 저렴이로 골라다오!

절찬리 육아중

건강하니까 놀이터 나가서
시꺼메지도록 뛰어노는 거겠지.
궁금한 게 많으니 싱크대 속
양념통 꺼내서 오감놀이도 하는 거겠지.
미치게 사랑스럽고 건강한 이 녀석들.
이런 큰 복이 또 어디 있을까 싶다.
지나간 시간 안타까워하며
과거에 얽매여 있지 말고 지금을 살자.

아들 다음에 아들, 그리고 또 아들?

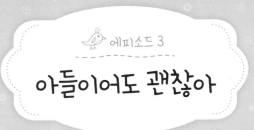

에피소드 3

# 아들이어도 괜찮아

임신, 출산, 육아를 통틀어서 힘든 일은 참 많은데 그중 하나가 바로 입덧 같다. 술을 진탕 먹고 난 다음 날 아침에, 울렁거리는 속으로 흔들거리는 만원 버스를 탄 것 같은 느낌! 그런데 이런 상황을 알 리가 없는 두 꼬마 녀석이 양옆에서 나를 붙잡고는 놀아달라 밥 달라 난리다.

내 몸은 더 이상 내 몸이 아니요, 정신은 안드로메다로 간 지 오래. 냉장고 저 깊숙이 있는 반찬 냄새 때문에 속이 울렁울렁, 음식을 먹다 통깨가 톡 하고 터지는 순간 메스꺼움을 참을 수 없어 화장실로 뛰어가서 변기를 끌어안고는 먹은 것도 없는데 속을 한바탕 게워냈다. 첫째 때는 입덧이 뭔지도 제대로 모르고 웩웩댔다면 둘째 때는 첫째 보랴 살림하랴 진이 빠진 상태로 날마다 정신없이 웩웩거렸던 것 같다.

남들은 먹는 입덧도 한다는데, 어째 세 녀석 모두
의기투합이라도 한 듯 배 속에서부터 나를 이리도 힘들게
하는지. 변기에 엄마 머리를 쑤셔 넣게 만들어서 좋다냐?!

흔히들 하는 말로 엄마랑 아이랑 잘 맞지 않으면 입덧을 심하게 한다던데, 나는 이놈의 자식들과 엄청 맞지 않나보다. 입덧 때문에 먹는 것도 잘 못 먹었던 탓인지 빈혈 수치가 너무 높아져 병원에 가서 주사를 맞았다. 마침 그날은 막둥이 초음파를 확인하는 검진도 잡혀 있었다. 아이 성별을 알려주시지 않을까 싶어 부푼 기대를 안고 병원에 갔는데 의사 선생님은 성별을 알려주지 않겠노라 단호히 말씀하시는 게 아닌가? 법적으로 성별을 공개하면 안 된다고 하시면서, 혹시라도 기대한 성별이 아니면 어쩔 거냐고, 지울 거 아니지 않느냐고 말씀하셨다.

이 정도에 꼬리를 내릴 리 없는 나는 은근슬쩍 "슨생님~ 그러면 옷은 핑크색으로 준비할까요, 아니면 파란색으로 준비할까요?" 물었다. 그러자 의사 선생님은 "노란색으로 준비하세요." 하고 단호하게 단호박 인증을 하셨다.

절찬리 육아중

임신 초기가 지나면 초음파를 볼 때 아이들도 같이 들어갈 수 있다. 첫째와 둘째가 동생의 존재를 확실히 인지할 수 있도록 검진 때 초음파실에 다 같이 들어가곤 했다. 지금 생각해보면 세 녀석 가운데 이리저리 배 속을 활발히 돌아다녔던 게 막내 같다. 의사 선생님이 초음파 화면을 보면서 셋째의 머리, 목, 복부, 다리 등의 길이를 재며 그 녀석 참 바쁘게 움직인다고 했다. 남편과 나, 첫째와 둘째도 같이 화면을 보며 깔깔거리고 있는데 문득 내 눈에 뭔가가 보였다.

다리 사이 딸랑거리는 저 귀여운 것! 첫째와 둘째가 남자아이라 나름 남자아이 감별 노하우가 생긴 건지, 보고 싶지 않아도 너무나 자연스럽게 '그것'이 보이는 게 아닌가.

어떤 자세를 취해도 확연히 보이는 그것! 역시나 그것! 나는 조용히 의사 선생님께 물어보았다.

"아들인 건가요?"

잠시 침묵이 흐르고, 의사 선생님은 죄송하다고 말씀하셨다. 으응? 왜 때문에요?? 아들 셋 엄마가 된 저의 박복한 팔자가 안

쓰러워서 죄송한 건가요? 성별은 낳을 때까지 모르는 것이라는 위로의 말을 못해줄 정도로 너무 확실한 아들이어서 죄송하다는 건지 모르겠지만 아무튼 그날 초음파로 '셋째=남자아이'임을 확인받았다. 차를 타고 집으로 돌아오는 길에 친정 엄마에게 전화를 드렸다. 엄마는 그렇게도 아들 낳기가 힘들어서 고된 시집살이를 했다던데, 나는 뭔 놈의 아들을 셋이나 낳는 건가? 옛날에 태어났으면 나 완전 제대로 대접받았겠다며 우스갯소리를 하고 있었지만 내심 섭섭한 마음을 감출 수는 없었다. 막둥이까지 아들이라니……. 삼신할머니가 그래도 예쁜 딸을 하나 주시지 않을까 기대했는데 말이지. 이제 '빼박' 아들 셋 엄마라니, 정말 박복한 여자인 건가 싶기까지 했다.

아니야. 이래서는 안 되지. 아주 건강하게 쑥쑥 자라고 있다는 소식만으로도 얼마나 감사한 일인가. 섭섭한 건 이제 그만하기로 했다. 잠깐 엄마가 좀 섭섭하긴 했지만 절대로 널 싫어하거나 부정한 게 아니라고 막둥이에게 속삭여주었다.

흔히 아들 셋 엄마라고 하면 성격이 억척스럽고 거의 반 깡패인 데다가, 나중에 비행기도 못 타는 불쌍한 '목메달' 엄마라는 소리들을 한다. 앞으로 수없이 그 비슷한 말들을 듣겠지만 뭐 어떠한가. 건강한 게 어디냐고, 이렇게 튼튼하게 우리에게 온 이 녀석을 기쁘게 반겨주기로 했다.

막둥아 반가워~ 아들이어도 괜찮아. 건강하게 지내다가 만나 자!

 내 팔자에 샤랄라 원피스 입은
딸내미는 없으려나 보다.
뭐, 딸이면 어떻고 아들이면 어때!
빵빵 발길질 잘하는 녀석인 걸 보면
건강하게 잘 놀고 있는 것 같아 다행이네.
아들 셋 엄마는 천국행이라는데
벌써부터 기대가 되는구먼!

 아들 다음에 아들, 그리고 또 아들?

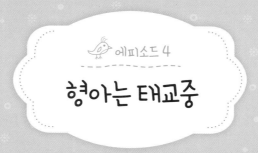

에피소드 4

# 형아는 태교중

막내를 임신했을 때, 집안 어른들에게 임신 소식을 알리는 것도
조심스러웠다.

그렇지만 어른들이나 주변에 알리는 것보다 더욱더 조심스럽고
고민스러웠던 건 첫째와 둘째, 바로 형아들에게
어떻게 알려야 할까였다. 한참 손이 필요할 나이인
일곱 살, 두 살 아이들에게 어떻게 말해야 할까?

첫째는 동생이 예쁘긴 하지만 장난감 테러를 여러 번 당했다
며 "동생은 하나로도 충분해요!"라고 말한 적이 있다. 아직 아무
것도 모르는 막무가내 동생의 횡포에 곤혹을 치른 적이 많았기
때문이리라. 이를테면 첫째가 다 만들어놓은 블록을 둘째가 순

식간에 부숴버린다든지, 무척이나 아끼는 장난감을 둘째가 입으로 물고 뜯고 씹고 맛본다든지……. 큰아이는 억울하다며 하루에도 몇 번씩이나 울고불며 속상해했다.

첫째 입장에서 생각해본다면 남자 동생은 자기를 늘 귀찮게 하는 존재로 여겼을지도 모른다. 반면 사촌 여동생은 언제 만나도 순하고 얌전하게 노니까 자연스레 여동생에 대한 환상이 생겼을 것이다. 큰아이는 막냇동생도 남자아이라는 이야기를 듣고는 섭섭해하는 눈치였다. "여동생을 기다렸는데 남자동생이어서 섭섭하니?"라고 물어보았더니 짓궂은 얼굴로 "으악~! 또 남자 동생이야~." 하면서 낄낄거렸다.

그런데 배 속 막내가 형아 목소리를 알아듣는 걸까?
형아 목소리만 들리면 어찌나 엄마 배를 빵빵 차대는지!

배가 불룩거릴 때 첫째와 둘째를 불러서 배를 만져보게 했다. 그러고는 막냇동생이 형아들을 엄청 좋아하나 보다, 이야기해주었다. 형아 목소리가 들리니까 안에서 똑똑똑 노크한다고 했더니 큰아이는 내 배를 쓰담쓰담 했고, 둘째는 배에 뽀뽀를 해주

절찬리 육아중

었다.

배에 얼굴을 가까이 가져다대고는 "안녕, 내가 네 형아야."라고 속삭이며 인사를 건네는 큰아이. 도닥도닥. "동생아, 우리 나중에 만나자!"라고 속삭이는 큰아이를 보니 대견하기도 하고 짠하기도 했다. 귀찮은 남자 동생도 반가워해준 우리 대인배 큰형아, 고맙다. 그리고 엄마 쭈쭈를 동생에게 양보해준 우리 둘째도 땡큐베리감솨~!

지지리 말 안 듣는 동생이지만
그래도 다른 집에 준다고 하면
싫다고 하는 우리 멋진 큰형아.
비록 경고가 섞이긴 했지만
배 속에 막냇동생에게도
나름 다정하게 이야기해주는 너란 녀석~
엄마가 격하게 아낀다!

에피소드 5

# 오지랖퍼

배가 불러오기 시작할 무렵, 남편은 회사 일이 부쩍 바빠졌다. 아침 일찍 나가서 저녁 늦게 들어오는 일이 잦아지면서 아이들과 놀아주는 일은 거의 내 몫이 되었다. 큰아이는 조용한 편이었지만 활동적인 아이어서 놀이터에 나가서 놀기를 좋아했고 이제 막 걷기에 재미를 붙인 둘째는 '나가 병'에 걸렸다. '나가 병'이란 무조건 현관에 가서 나가자고 신발을 챙겨 신는 병으로, 한번 나가면 집에 들어오기 싫어해 엄마들은 이제나저제나 이제 집에 가자고 하길 바라며 무작정 밖을 어슬렁거려야 하는 무서운 병이다.

두 녀석은 비가 오든 눈이 오든 바람이 불든 상관없이 무조건 "나가요, 나가요!" 하루에도 수십 번을 반복했다. 비가 오는 날에는 그래도 날씨 핑계를 대고 집에서 놀 수 있지만 날이 좋은 날에는 여지없이 나가야 한다. 분가하고 남양주로 이사 온 뒤로 우리는 지금까지 한 아파트에 계속 살고 있다. 지금은 다행히도 놀이터 바닥 공사를 했지만, 불과 몇 년 전까지만 해도 놀이터 바닥이 모래였다. 놀이터에서 놀고 오는 날엔 무조건 목욕을 해야 하기에 나는 놀이터 가는 것이 영 반갑지만은 않았다. 그렇다고 배부른 엄마가 꼬맹이 둘을 데리고 얼마나 멀리 나갈 수 있을까. 우리는 언제나 놀이터로 향했다.

배가 제법 불러와서 아기띠를 할 수 없으니 둘째를 유모차에 태우고, 유모차 손잡이를 꼭 잡으라고 큰아이에게 신신당부를 하고 집을 나서곤 했다. 그럼 동네 할머니를 시작으로 우리를 보는 분들마다 꼭 한마디씩 하셨다.

"아이고! 애기 엄마 배 속 애기는 아들이야? 딸이야?"라고 시작하는 질문들……. 동네 분들이고, 옆에서 첫째와 둘째가 보고 있으니 묻는 말에 대답을 안 할 수도 없는 노릇. 친절하게 "아들이에요." 하고 이야기했는데, 그게 끝이 아니었다. 그 뒤에 이어지는 말들은 뉘앙스만 다를 뿐 거의 다 같은 의미였다. 아이고, 힘들어서 어떡해, 너희가 엄마한테 잘해야겠구나, 근데 애기 엄마, 아들들 키워봤자 다 소용없어, 딸이 있어야 하는데……. 정말 토씨 하나 안 틀리고 어쩜 그렇데 다 똑같이들 말씀하시는지. 부글부글.

지금이야 그런 말 들으면 "네네~ 그래도 딸 노릇하는 애들이 있더라고요~."라면서 구렁이 담 넘어가듯 슬쩍 그 자리를 피하는 노하우가 생겼지만 그때는 그런 말 하나하나가 어쩜 그렇게 가슴에 콕콕 박히던지.

사실 나야 얼마든 괜찮다. 어른이고, 그런 말쯤이야 그냥 흘려 듣고 말면 되니까. 누가 뭐라고 해도 내가 아니면 되니까. 하지만 아무리 어리다고 해도 이제 첫째와 둘째는 말귀를 알아들을 수 있는 나이였다. 어느 날, 큰아이가 나에게 다가와서는 조용히 물어보는 것이었다.

"엄마는 우리 때문에 힘들어요?"

오 마이 갓!

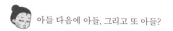

남들이 불쌍하게 보든 말든 그것은 생각의 자유니까 마음대로 생각해도 상관없다. 아들 셋! 엄마 든든하겠다고~ 동성이니까 애들 외롭지 않겠다고~ 좋은 이야기도 얼마든지 많은데 아이들 앞에서는 그런 말을 하지 말아주었으면 좋겠다.

　　아들 셋이 어때서요? 모두 건강한 것만으로도 얼마나 큰 복인데요! 불쌍하다는 둥 힘들겠다는 둥 그런 말 하지 맙시다, 쫌!

절찬리 육아중

오늘도 어김없이
오지랖래퍼님들을 만났다.
아마도 내게 딸만 있었으면
아들이 있어야 한다고 했을 사람들.
제발 애들 앞에선 그 오지랖랩은
안 들려주셨으면 좋겠다.
저기요~ 우리 걱정일랑은 넣어둬 넣어둬!

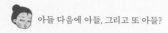

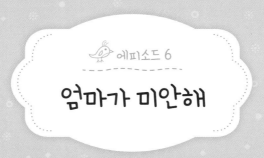

에피소드 6

# 엄마가 미안해

언젠가 예전에 전해 들었던 말이 있다. 아이들에게 동생이 생긴다는 게 어느 정도의 고통인지 어른들은 전혀 모를 거라는 이야기였다. 예를 들어, 어느 날 남편이 애인을 데리고 와서 부인에게 이제 나는 너희 두 여자와 함께 이 집에서 살 거라고, 너희 둘을 똑같이 사랑한다고, 그러니 사이좋게 지내라고 하는 것과 같은 정도의 스트레스라는 것이다.

어휴, 생각만 해도 짜증이 확 밀려온다. 상상하기도 싫은 상황인데 우리 아이들에게 동생이 생긴다는 게 그 정도의 스트레스라고 생각하니 순간 아찔했다. 그래서일까, 막내가 생기고 나서 항상 첫째 아이와 둘째 아이의 행동을 주시하게 되었다. 그 바탕에는 미안함이 늘 깔려 있었던 것 같다.

배는 점점 불러오고, 온몸이 천근만근인 임신부 엄마는 체력적으로 금세 지친다. 아직 엄마랑 물고 빨고 할 나이인 둘째는 동생이 생기고부터 유독 나에게 안아달라고 했다. 첫째는 100일 때까지만 모유를 먹였다. 젖양이 부족하기도 했지만 복직을 해야 해서 일찍부터 분유를 먹였다. 그래서 첫째가 폐렴에 걸렸을 때나 감기에 자주 걸렸을 때, 코피라도 쏟으면 혹시 모유를 많이 못 먹었기 때문일까 싶어 자책이 앞섰다.

첫째 때 완모를 못했다는 미안함 때문에 둘째 때는 정말 독하게 직수에 완모를 했다. 치아가 나기 시작해 둘째가 엄마 쭈쭈를 질겅질겅 씹을 때까지 직수로 완모를 했던 것 같다. 아직도 그때의 기억이 또렷하다. 이가 나기 시작하면 아이들은 잇몸이 간질간질하다. 그래서 엄마 쭈쭈를 먹다가 어느 정도 배가 차면 엄마랑 눈을 마주치면서 엄마 쭈쭈를 한번 살짝 깨문다. 그때 엄마가 "아야 아야~!" 그러면 까르르 웃다 다시 또 쭈쭈를 먹는다. 그 모습이 무척 예쁘고 귀여워서, 아프지만 조금 더 참고 모유를 먹이고 싶었다. 하지만 아이가 질겅질겅 씹었던 탓에 젖꼭지에 염증이 생겼다. 웬만하면 그냥 참으려고 했는데 점점 더 통증이 심해졌다. 결국 병원에 갔더니 의사 선생님께서는 유선염 초기라며 단유를 해야 한다고 말하셨다.

그렇게 오랫동안 엄마와 완전히 한 몸이었던 녀석인데,
예전처럼 엄마가 많이 안아주지 못한다고 하고 아기띠도
많이 못 해준다고 하니까 얼마나 섭섭했을까?

아빠가 엄마 대신 아기띠를 해준다고 하면 싫다고 칭얼거리고,
나에게 아기띠를 들고 와서 서글프게 울어대던 둘째 녀석. 배가
부르면 장시간 앉아 있는 것도 힘들고 몸이 자꾸 뒤로 젖혀지기
때문에 아기띠 하기가 너무나 힘들다. 그리고 배 위에 둘째 아이
를 앉혀서 안아줘야 하기에 오랫동안 안아주기도 힘들었다.

이런저런 서러움이 쌓여 아이는 자꾸 울고, 아이 아빠는 회사
에 나가야 하고, 주변에는 시댁도 친정도 아무도 없다. 배가 뭉쳐
도 아이를 안아주고 달래서 재워야 하는 만삭의 엄마는 '배 뭉
침' 정도는 참아야 한다. 배 속 아가에게도 미안하고, 둘째에게
도 미안하고 혼자 학습지 하면서 엄마 찾는 큰아이에게도 미안
하고…….

미안함으로 똘똘 뭉쳐서 내가 죄인인 듯했다. 배 속에서 힘든 셋째도, 엄마 품이 아직 좋은 둘째도, 아직 어린데 맏이라는 이유로 큰 아이 취급받는 첫째도, 모두 모두 힘내자! 으쌰으쌰!

절찬리 육아중

셋째 배는 왜 이렇게 빨리 불러오는 거지?
배 뭉침 때문에 까딱할 수 없는데도
둘째 녀석은 업어달라고 찡얼!
큰아이는 이것저것 봐달라고 찡얼!
엄마도 엄마지만
너희들도 고생이 많다.
한창 엄마손 필요할 나이인데….
얘들아 미안해. 엄마 잠깐만 좀 쉴게.

아들 다음에 아들, 그리고 또 아들?

## 에피소드 7

# 괜찮아요,
# 혼자 할 수 있어요

정신없이 아이들 저녁을 차리고 있던 무렵, 초인종이 울렸다. 누구지? 택배 올 게 있던가? 주문한 게 없는데 뭐지, 하고 현관문을 열어보았더니 통장 아주머니였다. 서명하고 간단한 확인을 마친 뒤 건네주신 건 다름 아닌 큰아이의 초등학교 입학 통지서였다.

큰아이와 나는 둘 다 원숭이띠로 두 바퀴 도는 띠동갑이다. 그래서인지 의견 충돌도 좀 많고 서로 으르렁거리는 사이다. 게임을 해도 아이라고 해서 져주는 법이 없었고 항상 내가 이겨먹었다. 씩씩거리면서 끝까지 엄마랑 게임을 하던 녀석. 11월생이라 생일 빠른 동갑내기들에 비해 조금 뒤처질까 싶어 항상 걱정이던 녀석. 고집부릴 때면 막무가내로 땅바닥에 누워 징징거리면서 온갖 떼를 썼던 그런 녀석이 초등학생이 된다니!

입학 통지서를 받고 나니 설렘보다 걱정이 한 바가지였다. 이런 엄마 마음을 알 리가 없는 첫째는 많이 들떠 있었다. 가방을 사고, 학용품을 사고, 초등학교 갈 준비를 하나하나 하면서 입학식만 손꼽아 기다렸다.

다행히도 아이는 학교에 적응을 잘했다. 문제는 엄마였다. 큰아이를 학교까지 데려다주기 위해 매일 아침 전쟁 같은 시간이 펼쳐졌다. 세수하고, 아이들 로션을 얼굴에 쓱 바르고, 야구 모자 눌러쓰면 준비 끝! 큰아이 아침을 챙겨주고 나서, 아직 자는 둘째를 깨워야 한다. 한번은 잠자는 둘째를 두고 나갔다 온 적이 있었다. 너무 곤히 자고 있길래 잠깐 갔다 와도 괜찮겠다 싶었다. 첫째를 등교시키고 집에 돌아왔는데, 문 밖에서부터 둘째의 울음소리가 들려왔다. 서둘러 집에 들어가 보니 둘째가 얼굴 핏줄이 다 터질 정도로 덜덜 떨면서 울고 있는 것이었다. 그다음부터는 아이 혼자 집에 두고 나가는 일은 절대 하지 않는다. 둘째 옷을 입히고 나서 첫째 이 닦는 거 봐주고, 옷가지 챙겨주고, 둘째 겉옷을 입히려는데 꼭 그 순간 고린내가 솔솔 풍겨오면서 둘째 얼굴이 붉으락푸르락해진다. 아니야. 지금은 아니야. 그러지 마아아아!

　슬픈 예감은 왜 한 번도 틀리지를 않는 것인지, 역시나 둘째 녀석이 기저귀에 거사를 치르고 있었다. 둘째가 기저귀에 똥이라도 싸버리는 날엔 완전 동선이 꼬였다. 쉬를 하면 그래도 나은데, 응가는 바로 씻지 않으면 발진이 나는 피부라 엉덩이 씻기고 다시 기저귀를 채워야 했다. 엉덩이 씻기 싫다고 버티기 시작하는 둘째, 어떻게 해서든 아이를 달래서 씻기려고 낑낑거리는 만삭의 나. 이 모습을 곁에서 지켜보던 첫째 녀석은 그냥 혼자 학교에 가겠다고 했다. 지각할까 봐 그러는 건지 물었더니, 이러한 대답이 돌아왔다.

　"엄마가 힘든 것 같아서요. 난 괜찮으니까 혼자 갈게요."

　초등학교에 입학하는 나이는 고작 여덟 살. 지금 초등학교 입학하는 막둥이를 보면 정말 어린 나이인 거다. 그때는 첫째가 괜찮다고 하기에 정말 괜찮은 줄로만 알았다.

　　　　　　아니, 좀 더 솔직해지자. 실은 내가 힘드니까,
아이가 괜찮다고 해주니까, 덥석 그 제안을 받아들였던 거다.

첫째라서 그럴까? 새벽같이 출근해서 밤늦게 들어오는 남편보다 큰아이가 듬직해 보이고, 아이의 그 말 한마디가 당시 내게 얼마나 위안이 되었는지 모른다.

지금 생각해보면 둘째를 좀 더 빨리 준비시켜서 같이 학교까지 걸어가도 되었을 텐데. 신학기 교과서가 나오는 날, 가방이 무거운 날에는 유모차 비닐을 씌워 둘째를 태우고라도 가방 들어주러 학교 앞에 가도 되었을 텐데. 하교할 때도 첫 일주일 정도는 엄마가 학교 앞에서 기다려주어야 했을 텐데.

첫째라서, 첫째니까, 어쩔 수 없이 괜찮다고밖에
할 수 없었을 텐데……. 돌이켜보면 그게 참 미안하다.
고작 여덟 살짜리 꼬맹이였는데, 그때는 왜 그렇게 네가
커 보였는지 몰라. 내 첫아이.

절찬리 육아중

항상 동생들 때문에 밀려나는 큰아이.
같이 등교해주지 못해서
수업 끝나고 교문 앞으로 마중 나가주지 못해서
학교 가는데 가방 한번 들어 준 적 없는
우리 큰아들에게 참 미안하다.
동생들에 비해 많이 커보였던 탓인지
고작 여덟 살 꼬맹이인걸
배불뚝이 엄마는 자주 까먹더라….

큰아이를 초등학교에 보내면서, 나는 임신 막바지를 향해갔다. 임신 사실을 알고 둘째를 근처 어린이집에 대기로 올려놓았는데 입소하라는 연락을 받게 되었다. 이제 막달이니까 둘째가 어린이 집에 다니면 조금 한숨을 돌리겠구나 싶었다. 약간의 안도감이 드는 것도 잠깐, 한창 엄마 껌딱지 놀이에 빠져 있던 둘째는 어린 이집에 가지 않겠다고 징징거렸다. 첫째도 아침마다 유치원 앞에 서 엄마랑 헤어지기 싫다고 30분을 울고불고 떼를 써서 회사에 지각하기 일쑤였는데 둘째 녀석도 마찬가지였다.

다른 아이들은 집에서 엄마랑 노는 것보다 유치원이나
어린이집에서 친구들과 노는 것을 더 좋아한다고 하던데.
내가 집에서 너무 잘 놀아줘서 그런가, 하는 착각까지 들 정도였다.

에이, 아무래도 그건 아닐 것이고 행여 엄마가 다시 오지 않을까 봐 그러는 건가 싶어 "밥 먹고 잠자고 나면 바로 엄마가 데리러 올 거야." 이야기를 해줘도 싫다는 것이었다.

말로는 도저히 설득이 안 되니 아이 몰래 어린이집을 빠져나오 날도 많았다. 그때도 역시나 아이는 울고불고 난리였다. 아이 울음소리를 들으며 어린이집 대문 밖에 서서 나도 질질 울기도 하고, 아이 울음이 그칠 때까지 하염없이 담벼락에 서 있기도 했다. 혹시 우리 애가 너무 울어서 선생님에게 미움받으면 어쩌지? 혹시 화라도 내시면 애가 많이 놀랄 텐데. 이런저런 오만 가지 걱정을 하며 문 앞에 서 있으면 신기하게도 아이 우는 목소리가 점점 줄어들었다.

어린이집에서 보내온 사진들을 보면 엄마랑 헤어지기 싫다고 눈물겹게 슬퍼하던 모습은 온데간데없고 하나같이 친구들과 깔깔거리면서 즐겁게 어울리고 있다. 사진 속 이 아이는 누구? 다행스러우면서도 조금 어이가 없었다.

그런데 더 재미있는 사실은, 한배에서 나왔지만 아이마다 성향이 많이 다르다는 점이다.

절찬리 육아중

그래도 첫째와 둘째는 비슷한 편이었다. 둘 다 어린이집, 유치원 가기 전에 그렇게 울고불고 엄마랑 있겠다고 난리쳐서 엄마를 속상하게 했는데 막내는 완전 다르다. 눈물은커녕 너무나 시크하게 엄마 이제 가라며 뒤도 안 돌아보고 유유히 유치원 안으로 사라지는 거다. 유아기 분리불안이 우리 막둥이에게는 없는가 보다, 신기하다 싶었는데 대신 이 녀석은 잠잘 때 내가 옆에 없으면 아무리 졸려도 깊게 못 잔다. 참, 쉬운 놈이 하나도 없구먼!

아가야, 친구들하고 선생님하고
재미있게 놀고 있어.
엄마가 코코 낮잠 시간 지나면
데리러 올게.
엄마를 찾으며 계속 우는 널 보니
엄마가 혹시 너무 큰 잘못을 하고
있는 것은 아닌가 싶어
차마 발걸음이 떨어지지가 않는구나.

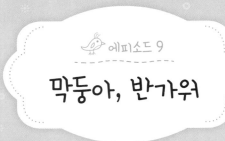

에피소드 9

# 막둥아, 반가워

첫째 아이의 초등학교 생활이 어느 정도 적응이 되고 둘째 아이의 어린이집 적응기가 끝나갈 무렵 배가 슬슬 아파오기 시작했다. 아이 셋 엄마의 노련함으로 이미 출산 가방은 다 싸놓았다. 애 낳으러 가려면 배가 허하면 안 되니까 든든하게 밥을 먹었다. 첫째, 둘째 때보다 셋째는 일찍 나온다고 해서 잔뜩 긴장을 했다. 아직 가진통이니까 괜찮겠지 생각하고 마트를 몇 바퀴 어슬렁거렸다. 그날따라 마트에 이상하다 싶을 만큼 사람들이 많았는데, 날짜를 보니 빼빼로데이였다.

빼빼로데이 바로 다음 날에 태어난 우리 막내는 잊어버리려야 잊어버릴 수 없는 생일날이 운이 좋은 걸까, 아니면 생일 때마다 빼빼로 선물을 받게 되어 운이 없는 걸까. 운에 대해서는 잘 모르겠지만 '111112'로 시작하는 주민등록번호 때문에 병원에서든 어디에서든 막내의 생년월일 적을 일이 생기면 다들 한 번씩 웃는다. 어쨌든 다시 막내를 낳았던 날로 돌아가서 이야기하자면, 진통 주기가 제법 일정해지고 나름 진통을 겪어봤던 산모라 이것저것 챙기고 밥도 먹고 병원으로 고고! 진통 그래프는 최고치에 다다르고 있는데, 빨리 나온다는 셋째는 도무지 나올 생각을 하지 않아서 진행이 되지 못하는 상황이었다. 무통 주사도 놔주지 않기에 이럴 거면 수술시켜 달라고 너무 힘들다고 하니까 간호사들의 대답.

> "첫째 둘째 다 자연분만 하셨잖아요. 어머님, 조금만 더
> 참아보세요. 이제 와서 수술하는 건 아깝잖아요."
> "어머님은 충분히 할 수 있어요."

순간 내 자신이 그렇게 한심스러울 수가 없었다. 그래, 바보처럼 까맣게 잊고 있었네. 그렇게 아팠으면서, 두 번 다시 못할 짓이라고 했으면서, 또다시 출산이라니.

> '인간은 망각의 동물이라더니 날 두고 하는 말이었어!

절찬리 육아중

내가 넷째를 낳으면 진짜 미쳤다, 미쳤어!'

정말 별의별 생각을 다 했다. 얼마나 아픈지 얼굴 실핏줄이 다 터지고 온몸에 힘이 다 빠질 즈음 우리 막둥이 울음소리를 들려왔다. 첫째 둘째도 그렇고 막둥이까지 모두 다 튼실했다. 첫째 3.6kg, 둘째 3.9kg, 셋째 3.8kg. 다들 덩치가 어찌나 큰지 그런 녀석들을 자연분만으로 낳은 나 자신이 참 대견하다 싶었다. 장하다! 나는 신이 내려주신 자궁인가 봐, 스스로 토닥거리면서 회복실로 가는데 창밖을 보니 두 아이를 낳았을 때랑 똑같이 하늘에서 눈이 내리고 있었다.

삼형제가 나를 만나러 오는 날엔 꼭 하늘에서 눈을 내려주셨다. 첫째를 낳았을 때처럼 막막한 두려움이라기보다, 둘째 때처럼 혼자 독박으로 아이를 봐야 하기에 겁이 난다기보다, 셋째는 그동안의 감정과는 조금 다른 걱정과 우려가 나를 휘감았다. 피곤한데 잠이 오질 않았다. 앞으로 이 꼬물꼬물한 녀석들과 앞날을 어찌 헤쳐가야 할지……. 이 녀석은 태어나자마자 엄마의 사랑을 형들과 나눠야 하는데 그게 혹시 억울하진 않을지. 억울해도 어쩌겠어, 막내로 태어난 지 팔자를 있는 그대로 받아들여야지. 대신 듬직한 형이 둘이나 있으니 막둥이에게는 득이 더 많지 않을까.

　암튼 우리 막둥아, 반가워!

아들 셋을 만나던 날마다
하늘에서 하얀 눈이 내렸다.
막둥이를 만나던 날에도 하얀 눈을 보며
설렘과 후련함
그리고 벅차오르는 그 무엇 때문에
만감이 교차했던 그날.
막둥아, 반가워~
우리 가족이 된 걸 환영해.

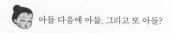
아들 다음에 아들, 그리고 또 아들?

# 눈치코치 007작전,
# 막내 사랑은 형들이 잠든 사이에

나는 5남매 가운데 셋째로 태어났다. 위로는 언니 둘, 아래로는 남동생 둘이 있다.

엄마가 퇴근하고 집에 돌아오시면 사춘기에 접어든 언니들이나 나보다 어린 남동생들을 먼저 챙기는 게 당연했을 텐데 그때는 그게 그렇게 부러울 수가 없었다. 그래서 엄마한테 있는 꼬라지 없는 꼬라지 다 부렸다.

그런데 지금까지 기억에 남는 일이 하나 있다. 내가 열이 펄펄나서 먹는 것도 제대로 못 먹고 엄청나게 아팠던 날이었다. 언니들이랑 남동생들이 할 수 있는 것이라곤 방 한쪽에 이불을 펴주는 것뿐. 퇴근한 엄마가 펄펄 열이 끓는 나에게 약을 먹이고는, 뭐 먹고 싶은 음식이 없느냐고 물었다. 옆에서 남동생이 자기가 좋아하는 걸 종알종알 말하는데도 엄마는 "누나 아프니까 누나

가 먹고 싶은 걸로 사줄 거야."라고 단호하게 말씀하셨다. 그러고
는 나를 쓰다듬으시며 귤을 까서 하나하나 입에 넣어주셨던 모
습이 아직까지 생생하다.

엄마는 우리 다섯을 모두 다 사랑했을 텐데, 그때는 왜 나보다
남동생들과 언니들을 더 사랑한다고 생각했을까?

아이를 낳아보니 하나도 안 예쁜 자식이 없다는 걸 안다. 그래
서 애를 낳아야 부모 마음을 안다고들 하나 보다.

막둥이를 낳고 퇴원하면서 산후 조리를 어떻게 할까 고민했던
순간이 있었다. 마지막 산후 조리를 잘해야 골병들지 않는다고
들 해서 조리원을 생각했는데, 아무래도 첫째와 둘째가 마음에
걸리는 것이었다. 결국 집에서 산후 도우미를 쓰면서 다 함께 보
내기로 했다.

하루는 남편이 일찍 퇴근해서 모처럼 같이 저녁을 먹고 시간
을 보내게 되었다. 남편이 꼬물거리는 막둥이를 한번 안아보려
는 순간, 첫째와 둘째가 얼른 우리랑 놀아달라고 달려왔다. 남편
은 막둥이 안아보기를 포기해야 했다. 하기야 첫째와 둘째도 아

빠를 저녁에만 볼 수 있으니 그 시간이 얼마나 반갑고 귀했을까. 한두 시간 놀다 보면 금세 잠잘 시간이 다가오니, 아이들에게는 아빠와 교감할 수 있는 유일한 시간인 셈이었다.

막둥이와의 부비부비는 나중에 하라고 남편 옆구리를 쿡쿡 찔렀다. 신나게 아빠랑 시간을 보낸 첫째와 둘째가 잠이 든 뒤에야 쭈쭈 먹으려고 깬 갓난쟁이 막둥이를 안아보는 남편. 트림 시키고 기저귀 갈아주면서 어찌나 주물럭거리는지 모른다. 그래, 어차피 막둥이는 갓난쟁이라 잘 모르잖아. 세상 제일 무서운 두 형들 안 볼 때나 막둥이 예뻐합시다!

막둥이 쓰담쓰담 한 번에
혹시나 형아들이 질투할까 눈치 보이고
막둥이 예쁘다고 하는 말에 형아들이 서운해할까
남편과 나는 조심스러워
매 순간 007 눈치작전을 펼쳤다.
형아, 둘째 형아 재우고
그때 막둥이 안아줘도 충분해요.
큰아이들과 놀아주세요.

에피소드 11

# 우리는 연습 중

큰아이 출산 때는 시어머님이 산후 조리를 해주셨다. 둘째 때는 친정 엄마가 해주셨고, 막둥이 때도 친정 엄마가 조금 도와주시다가 산후 도우미 아주머니를 불러서 집에서 산후 조리를 했다. 친정 엄마가 조리를 해주셨을 때 있었던 일이다. 엄마는 주방에서 반찬을 만드시고, 나는 식탁에 앉아 둘째 밥을 먹이는 중이었는데 등 뒤에서 "엄마, 이것 좀 보세요~!"라고 나를 부르는 큰아이 목소리가 들렸다. 엄마와 나는 소리가 나는 쪽을 향해 뒤돌아 쳐다보고는 그대로 얼어붙었다. 엄마는 손에 들고 있던 콩자반 그릇을 바닥에 쏟아버렸고, 나는 너무 놀란 나머지 허겁지겁 큰아이에게 달려가 지금 뭐하는 거냐고 소리를 내질렀다. 큰아이가 안방에 눕혀놓은 막내를 안고 거실로 나온 것이다.

　　그제야 뭔가 분위기가 이상하다는 것을 느낀 큰아이가 외할머니에게 동생을 건네고는 눈물을 훔쳤다. 아직 목도 못 가누는 신생아였기에, 엄마는 아이가 괜찮은지를 세심하게 살폈다. 나는 큰아이에게, 동생은 아직 목을 가눌 힘도 없고 그렇게 안고 나오다가 넘어지기라도 하면 어쩌려고 그랬느냐며 화를 내버렸다. 그러지 말았어야 했는데……. 당시 너무나 놀랐기도 했지만, 혹시 이 녀석이 어린 동생에게 질투가 나서 장난삼아 한 행동인지도 걱정되었다. 이번에 그냥 넘어가면 다음에 더 큰 일이 생길지도 모른다는 생각도 들었다.

"도대체 왜 그런 거냐고!"

나를 가만히 보던 큰아이가 쭈뼛거리면서 대답했다.

"엄마랑 할머니한테 내가 힘센 거 보여주려고요.
힘센 형이란 거 보여주려고요."

큰아이는 동생에게 장난칠 생각도 없었고, 질투가 난 것도 아니었다. 그냥 힘이 세니까, 맏형으로 동생들을 지켜줄 수 있음을 보여주고 싶었을 뿐이었다. 단지 그 마음 하나였던 거다.

아이 말을 제대로 듣지도 않고 화부터 내고 만 나는, 엄마 자격 빵점이었다.

"엄마가 아까 막 화내서 미안해. 엄마는 희태가 그렇게 힘이 센지 몰랐는걸~ 그런 줄 모르고 화냈네. 그런데 아가야는 아직 머리를 못 가누니까 좀 더 크면 그때 안아주자~"라고 이야기하고는 많이 놀랐을 큰아이를 꼭 안아주었다.

아이들과 있을 때면 사건 사고는 눈 깜짝할 사이에 일어난다. 한번은 큰아이가 둘째 녀석을 방문 사이 그네에 태우고 밀어주었다. 동생이 너무 좋아하면서 깔깔깔 웃음을 그치지 않으니 큰아이도 흥이 났는지 점점 더 세게 밀어준 모양이었다. 웃음소리가 들려오기에 둘이 잘 노는구나 싶어 안심하고 집안일을 하는데, 갑자기 "악! 아악~! 으아아아아앙~~" 하고 우는 소리가 들리는 게 아닌가?

무슨 일이 벌어졌구나 싶었다. 이렇게 아이들의 흥이 절정에 다다르는 순간 꼭 사고가 나기 마련이니까.

동생이 너무 좋아하니까 첫째는 그네를 앞뒤로 밀다가 한 단계 더 나아가 줄을 배배 꼬았다 풀어주는 놀이를 했나 보다. 그런데 그만 줄이 풀리면서 빙빙 돌아가던 둘째의 머리가 문 코너에 세게 부딪힌 것!

얼마나 세게 부딪혔는지, 둘째 머리에서 피가 뚝뚝 떨어지고 있었다. 놀랐을 첫째와 아파서 울기만 하는 둘째. 나는 일단 가재수건으로 머리를 꾹 누르며 지혈하고 병원 갈 준비를 서둘렀다. 그러다 보니 옆에 서서 눈치를 보고 있었을 큰아이 생각을 못했다. 나보다 큰아이가 더욱 놀랐을 텐데. 동생 신나게 해주려고, 그네 놀이를 더 잘해주려고 노력한 것밖에 없을 텐데. 형이 동생 봐준다는 핑계로 나는 느긋하게 집안일을 하고 있었으면서 말이다.

응급실 안에서 둘째 머리에 의료용 스테이플러를 박느라 울고불고 난리가 난 동안 밖에서 기다렸을 큰아이는 어쩌면 엄마인 나보다 훨씬 더 속이 탔을 거다. 혹시라도 자기 때문에 동생이 잘못되기라도 할까 봐 얼마나 걱정이 되었을까. 머리 상처를 봉합하고 집으로 돌아오면서 울다 잠든 둘째가 잠잠해졌을 때쯤 첫째에게 부드럽게 말했다.

"오늘 동생과 놀아줘서 너무 잘했고 고마워! 동생 재미나게 해주려다가 그렇게 된 건데 많이 놀랐겠다. 그렇지만 그네를 꼬는 건 엄마가 평상시에도 위험하다고 했던 거였는데 하지 말았어야 했어. 너도 다칠 수 있거든. 앞으로는 좀 더 조심하자, 우리."

힘이 세다고, 동생과 잘 놀아준다고 단지 엄마의 칭찬이 고픈 큰아이. 아직 어리기 때문에 그 과정에서 실수가 계속되는 것일 텐데 마음처럼 되지 않으니 얼마나 속상했을까.

아들아, 엄마도 너도 처음부터 잘할 수는 없을 거야.
매일매일 연습중이니까 내일은 오늘보다 조금 더 나아지겠지?
차근차근 함께해보자.

앞으로 이런 일이 수없이 벌어지겠지.
그럴 때마다 버럭버럭 할 수 없으니
엄마도 아이도 우리는 지금
하나씩 하나씩 배워가는 중.
너무 나무라지 말고 너무 자책도 하지 말자!
가장 중요한 건 나보다 더 놀랐을
아이 마음이 다치지 않도록
보듬어줄 것.

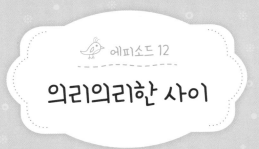

# 의리의리한 사이

전에는 손만 잡아도 가슴이 콩닥거리던 연애 시절이 있었는데, 결혼하고 아침에 팅팅 부은 얼굴과 부스스한 머리꼴을 서로 보면 점점 환상이 깨지기 시작한다. 남편들의 환상이 깨지는 것 가운데 하나는 아내가 아이 낳고 수유할 때가 아닐까 싶다. 부끄러움 많던 아내가 가슴을 척 드러내고 아이에게 쭈쭈를 물리는 것이다. 뭔가 낯 뜨겁지만 내 새끼가 울어 재끼니 어쩔 수 없는 일.

모유를 처음 먹일 때는 바짝 긴장을 했다. 수유 쿠션을 놓고, 바른 자세를 잡고, 아이 입과 엄마 쭈쭈와의 최적의 각도는 어느 정도인지 살피고, 이쪽은 몇 분 물렸으니 다른 한쪽은 조금 더 물려야 할지 시간을 체크하는 등 이것저것 생각하면서 수유를 했다. 그러다 수유가 제법 익숙해져서 막둥이 때는 쭈쭈를 물린 채 잠드는 경우가 허다했다. 물론 쭈쭈를 물리면서 잠을 자면 아이 치아에 안 좋다고 했지만 밤중에 졸린 눈을 부비고 일어나서 정자세를 잡고 수유하기란 보통 힘든 일이 아니었다. 그래서 수유 원피스를 입고 자다가 밤중에 아이가 "앵~~" 하고 울면 원피스 한쪽을 척 올려서는 누운 채로 불도 켜지 않고 아이 입가로 쭈쭈를 가져다댔다. 아이는 어찌 그리 엄마 냄새를 잘 맡는지, 엄마 쭈쭈를 잘도 찾아 입에 물어댔다.

> 깜빡 잠이 들었다 깨서 옷을 주섬주섬 챙기려는데
> 내 한쪽 손을 잡고 잠든 둘째가 눈에 들어왔다.
> 아직 엄마 품이 좋을 꼬꼬마인데 동생이 생겨 마지못해
> 양보한 거였구나 싶어 잠든 둘째아이가 짠했다.

그 이야기를 남편에게 했더니 남편은 한숨을 낮게 내쉬었다. 아침에 보면 난리도 그런 난리가 없다는 것이었다. 수유티를 까고 가슴을 드러낸 채 잠든 나, 그런 나의 한쪽 손을 붙잡고 자는 둘째, 그래도 엄마 옆이 좋다며 그 틈에 끼어 자는 큰아이까지……. 남편은 막상 자기 자리가 없는 것 같아 아쉬울 때도 있

다고 했다. 때로는 잠든 나의 옷매무새를 만져준 뒤에 출근한다
고 이야기해주었다.

뭐지? 이 남자? 아이들 때문에 마누라 뺏겨 따로 자면서 홀로
독수공방하고 있다고 생각하니 갑자기 남편도 참 짠하다. 그래,
우리 가족 다 짠하다. 근데 어쩌겠는가. 내 팔은 두 개뿐이고 내
옆자리는 아직 애들 몫인 것을. 이 녀석들 잠자리 독립할 때까지
는 어른인 아빠가 좀만 더 독수공방 하시길!

수시로 쭈쭈를 물려야 하기에
끼고 자는 막둥이와
가끔씩 옆에 와서 자는 큰형아.
그리고 아직은 엄마 손이라도
잡고 자고 싶은 둘째 녀석까지
엄마 옆자리는 만석이다.
삼형제 아부지~
얘네들 잠자리 독립할 때까지
아빠 혼자 편하게 주무세요.

# 2장

# 엄마, 그중에
# 아들 엄마로 산다는 것

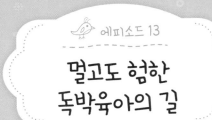

# 에피소드 13

# 멀고도 험한
# 독박육아의 길

남편은 새벽같이 출근을 한다. 그때부터 집에는 나와 아이들뿐이다. 아이 친구 만들기 위해 문화센터에 등록한다지만, 사실 아이 친구를 만들기 위해서가 아니라 엄마 자신의 친구를 만들고 싶어서일 수도 있다.

홀로 육아를 한다는 것은 무척이나 외로운 일이다. 아이가 셋이다 보니 우리 아이들은 한 번도 문화센터에 가본 적이 없다. 큰아이가 태어났을 때는 시어른들에게 아이 맡기고 일하느라 바빴고, 분가하고 아이가 하나에서 둘, 둘에서 셋으로 늘어나다 보니 문화센터 같은 곳에 나갈 엄두가 나지 않았다. 집 안에서 나 홀로 고립되는 것만 같고, 아이 낳고 점점 살도 찌고, 화장기 하나 없는 얼굴을 매일같이 들여다보자니 자존감이 뚝뚝 떨어지는 것 같았다.

모든 것이 아이들에게 맞춰져 있고, 하루 24시간 중
그 어디에도 '나'라는 사람이 없는 일상. 아침에 일어나서
수유하고 집안일 하고 또 수유하고 큰아이 케어하고 수유하고
둘째 기저귀 갈고 수유하고… 수유하고… 수유하고,
그러다 보면 지금 내가 뭐하는 건가 싶었다.

옛날에는 세탁기나 밥솥, 청소기도 없이 잘만 살았는데 요즘
처럼 좋은 세상에 호강에 치어서 요강에 코 박는 소리하느냐, 같
은 말들을 들으면 피가 거꾸로 솟는다. 홀로 화장실 갈 시간도
주지 않고 앵앵 울어대는 신생아, 놀아달라고 징징거리는 둘째,
자기 고집이 시작되는 첫째…… 이토록 무지막지한 세 녀석과
사투를 벌이는 육아를 하고 있는데 호강이라니! 물론 남편은 애
들과 잘 놀아주는 편이다. 그럴 때면 잠깐이지만 편하게 집안일
을 하거나 쉴 수 있으니, 집안일을 돕지 않는 아빠들에 비하면
참 다행이다. 새벽같이 나가서 늦게 퇴근한 남편은 또 얼마나 힘
들까. 집에 오자마자 곯아떨어지는 게 짠하기도 하고 충분히 이
해는 된다.

그런데 엄마, 주부라는 직업은 어떠한가.
집안일은 티도 안 날뿐더러 출근이나 퇴근이 따로 없어
24시간 집에서 항시대기 전투준비를 하고 있는 셈이다.

이런 날들이 반복되다 보니 문득 이 세상에 덩그러니 나 혼자 남겨진 것만 같았다. 힘들다고 하소연하는 엄마들은 사실 크게 뭘 바라는 게 아니다. 오늘도 수고 많았다고, 고생했다고, 알아 주는 것, 온종일 대화가 통하지 않는 외계어를 하는 아이들하고 상대했으니 잠깐이라도 말 좀 통하는 사람과 이야기를 나누고 싶을 뿐. 그저 그것뿐……

 새벽같이 출근하는 남편과
이야기해본 게 언젠지 모르겠다.
어른 사람과 어른들의 언어로
대화를 나누고 싶다.
어쩌면 이러다 점점
어른 말을 잊어갈지도 모르겠다.
가끔은 정말로 외로운 일, 그 이름은 '육아'다.

에피소드 14

# 내가 좋아서 하는 일

학교 다닐 때부터 그림 그리는 걸 좋아했다. 초등학교 때 조용한 편이었던 나는 반에서 있는 듯 없는 듯한 존재였지만 미술 시간이 되면 아이들이 우르르 내게 몰려와 그림 잘 그린다고 칭찬하고 부러워하던 일들이 싫지 않았다. 대회에 나가서 몇 번이고 상을 받았던 기억도 난다. 이제 와 생각하면 나는 참 우리 부모님 '등골 브레이커'이지 않았나 싶다. 그림 그리는 고등학교를 갔고 대학교 때도 그림 그리는 과를 선택했다. 재료비로 경제적 부담이 크셨을 텐데 엄마아빠는 한 번도 힘들다고 내색하지 않으셨던 것 같다.

배우고, 할 줄 아는 게 그거밖에 없어서인지 회사도 그림 그리는 쪽에서 일을 했다. 남편과 연애할 때도 내 홈페이지를 만들어 둘이 있었던 일들을 한 컷 일러스트로 그려 올렸고 결혼식 청첩

장도 남편과 내 캐릭터를 넣어 만들 정도였다. 돌이켜보니 나는 나름 열정적인 디자이너였나 보다. 그렇게 쭉 계속 해왔던 일이었는데, 둘째 낳으면서 손을 놔버렸다. 아니, 손을 놔버렸다기보다는 그림 그릴 여유 자체가 없었다. 아이들 케어만으로도 시간이 모자랐다. 혹여 시간이 남으면 잠이라도 더 자거나 밀린 집안일로 바빴다.

몸은 너무나 바쁜데 가슴은 어딘지 모르게 텅 비어 갔다.
내 아이들의 예쁜 모습으로 충분히 채워질 법도 한데,
아이들은 너무너무 예쁘지만 나 자신이 없어지는 것 같았다.

어느 날, 휴대폰에 담아놓은 아이들 사진을 컴퓨터로 옮기다가 연애할 때 남편과 나의 캐릭터를 그렸던 일러스트를 발견하게 되었다. 다시 그림을 그려볼까? 이대로는 안 되겠다 싶었다. 나만을 위한 뭔가를 찾아야겠다 싶었다. 그래서 내 이야기를 그림일기로 그리기 시작했고, 블로그에 하나둘 올렸다. 웹툰 형식으로도 그려보고 그냥 한 컷으로도 그려보았다. 잠을 덜 자더라도 그림을 그리면서 어찌나 즐거웠는지 모른다.

절찬리 육아중

누가 돈 주는 것도 아니고 알아주는 것도 아니었지만 참 신나는 일이었다. 엄마가 아니라 나로써 행복한 시간. 그런 시간이 절실히 필요했나 보다.

누구누구의 엄마가 아니라 내가 하는 일이니까.
물론 비록 그림에는 우리 아이들 이야기가 가득이지만
순간순간을 그리는 일이 참 행복했다.

아무도 하라고 하지 않았지만
막둥이 쭈쭈 먹이고
둘째 녀석 자는 거 확인하고
짬나는 대로 그리는 그 시간이
대단한 그림은 아니지만 참 좋았다.
누구 엄마, 누구 아내가 아니라
그냥 그림 그리는 시간 동안
오롯이 나인 것 같아서.

에피소드 15

# 충분히 사랑스럽다

큰아이는 일곱 살 때부터 태권도를 다녔다. 집 근처 초등학교 부속 병설유치원에 다녔는데, 등·하원 차량이 없어서 부모가 동행해야 했다. 하지만 나는 두 어린 녀석들 때문에 매번 그러기도 쉽지 않았다. 게다가 하원 문제도 문제지만, 운동을 하나 시켰으면 해서였다.  남자아이들은 태권도 다니며 승급해서 띠 색깔을 바꾸고 국기원을 가는 데 큰 의미를 두는 것 같다. 적어도 우리 집 꼬마들은 그랬다. 흰 띠에서 노란 띠로 넘어갈 때 정말 소중히 흰 띠를 잘 접어서 보관할 정도였으니까. 태권도장에서 뭔가 새로운 기술을 배워오는 날이면 어김없이 엄마 앞에서 시범을 보였다. 막둥이 쭈쭈를 먹이고, 둘째가 엄마 엄마, 하고 부르는 정신없는 상황에서도 내 눈은 둘째와 첫째를 번갈아 쳐다보기에 바빴다.

"정말 멋지다! 우리 아들, 어쩜 그렇게 잘하지?"

그렇게 엄청 칭찬을 해주었지만 그때 나는 큰아이가 태권도에 소질이 없다는 것을 알았다. 어찌나 몸치이던지, 이건 뭐 무용을 하는 건지 연체동물인 건지 모를 지경이었다. 몸을 어찌나 흐느적거리던지……. 그래도 엄마한테 나 좀 보라고, 칭찬 좀 해주라고 마음껏 뽐내고 있다는 것을 알기에 정말이지 아낌없는 칭찬을 해주었다.

나이가 어려도, 형을 칭찬하면 둘째는 그것을 본능적으로 아나 보다. 엄마에게 칭찬받고 싶은 마음은 둘째도 같을 터.

잠깐 부엌에 갔다 올 테니 막냇동생 분유병 좀 잡고 있으라고 내가 부탁하자, 그 조막만 한 손으로 분유병을 잡고 가재수건으로 입가에 흐르는 분유를 닦아주는 둘째 녀석. 너무 사랑스럽고 예쁘다. 사실 그냥 아무것도 하지 않아도 이미 충분히 사랑스럽고 예쁜데 이 녀석들은 엄마의 눈빛, 손길 한 번 더 느끼고 싶어서 저렇게 노력하는구나……. 문득 미안함이 밀려왔다. 이미 너희들은 충분히 멋져! 노력하지 않아도 돼!

절찬리 육아중

형제는 태어나면서 얻게 되는
평생 친구이기도 하지만
가장 가깝기 때문에 더 치열하게
경쟁해야 하는 걸 알아.
서로 엄마 눈에 들려고 애쓰는
너희 모습이 귀엽기도 하다가
또 한편으로는 안쓰러웠다.
얘들아, 너무 애쓰지 않아도 돼.
너희들은 그 자체로도 충분히 사랑스럽거든.

엄마, 그중에 아들 엄마로 산다는 것

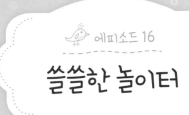

에피소드 16

# 쓸쓸한 놀이터

학교 다녀와 숙제하고 학습지를 풀고 있는 큰아이는 이미 밖에서 아이들 노는 소리에 마음이 가 있다. 숙제와 해야 할 공부를 다 마치면 그때 나가 놀아도 된다고 나와 약속했기 때문에 눈썹이 휘날리게 학습지를 풀고 꾸벅 인사하고 현관을 나선다. 마음 같아서는 내가 따라 나가서 위험하지는 않은지, 친구들과 잘 노는지 봐주고 싶었다. 하지만 여기저기 돌아다니며 사고 치고 모래 범벅이 될 게 빤한 둘째 녀석과 유모차에서 가만있지 않을 막둥이 생각을 하면 선뜻 놀이터로 나갈 수가 없었다. 또 챙길 것은 뭐가 그리 많은지! 기저귀, 물티슈, 물병, 간단한 간식거리 등등 아이들을 한번 데리고 나가려면 짐이 한 보따리다.

엄마가 그런 것들을 챙기며 시간을 끌고 있으니 첫째 입장에서는 얼마나 애가 타겠는가. 빨리 나가야 한다고 징징거리는 녀석 때문에 동생들을 챙겨서 같이 나가는 것은 결국 포기했다.

아직 엄마의 보살핌이 필요하지만, 마냥 끼고 있기에는
벅찬 초등학교 2학년이 되면서 놀이터에 혼자 나가
놀고 싶어 하는 날이 많았던 큰아이.
그렇지만 초등학교 2학년 이래봤자 아직 아홉 살 어린 애다.

아이를 혼자 놀이터에 내보내는 것은 나도 참 걱정이 많은 부분이었다. 입이 거칠고 행동이 거친 큰 형들에게 혹여나 치이진 않을까? 아니면 이 개구쟁이 녀석이 친구들과 위험한 장난은 하지 않을까? 혹은 자기보다 더 어린아이들에게 장난을 치진 않을까? 별의별 생각이 다 들었다.

그럴 때면 엄마와 같이 나온 아이들은 편을 들어 주거나 다치면 돌봐줄 엄마가 있는데 내 아이는 혼자기 때문에 위축되거나 외롭지 않을까 걱정이 되었다. 큰아이가 나가 놀고 싶다고 강하게 주장했기에, 휴대폰을 좀 더 늦게 해주고 싶었는데 당장에 아이가 어디 있는지 알 수 있는 수단은 휴대폰밖에 없었다. 결국 조금 이르지만 아이에게 휴대폰을 주게 됐다.

한번은 동네의 아는 분이 혼자 나와서 노는 우리 큰아이에게 너희 엄마는 뭐 하시는데 항상 혼자 노느냐고 물었단다. 아이는, 엄마는 동생들 돌보시느라 힘들고 바쁘다고 말했다고 한다. 그분에게 이야기를 전해 듣고는 한동안 마음이 짠했다. 이 녀석이 혼자 나가서 놀고 싶은 게 아니라 엄마가 동생들 챙기는 게 힘들어 보여서 그랬던 걸 알고 나니 외로웠을 큰아이 생각에 울컥했다. 큰아들~ 너도 아직 아기인데 엄마가 챙겨주지 못해 미안해!

혼자는 외로울 것 같아서
동생을 만들어줘야겠다고 했는데
동생이 생긴다는 것은
엄마아빠의 사랑을
나눠야 하는 일이었나 보다.
꼬맹이 큰아이가 받아들이기엔
너무 외로운 시간이었을까….
가슴 한편이 찌릿찌릿해온다.

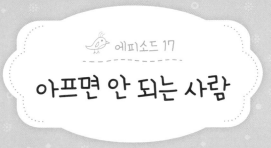

에피소드 17

# 아프면 안 되는 사람

아이들 저녁밥을 먹이고 샤워를 시키려는데 큰아이 손바닥이 아무래도 이상했다. 큰아이는 입 안도 불편하다며 아, 하고 입을 벌려 안쪽을 보여주었다. 아무래도 수족구와 구내염이 함께 온 것 같은 느낌이 들었다.

다음 날 병원에 가보니 역시, 불길한 예감대로, 큰아이는 수족구와 구내염이 같이 진행되는 상황이었고, 학교에 등교하지 못했다. 내가 알기로 초등학생은 수족구에 걸리지 않는다고 하던데 예외적 상황은 왜 항상 우리 집에만 찾아오는 걸까? 전염성이 있으니 형제들과 되도록 떨어뜨려놓으라는 의사 선생님의 말씀은 대체 누구를 위한 것인지? 아이들은 평상시보다 더더욱 남다른 형제애를 돋보이며 끌어안고 놀았다. 그도 그럴 것이 평상시 밖에 나가 놀던 큰아이가 놀이터도 못 나가고 학교도 안 가고 집에만 있어야 하니 오죽 심심하면 동생들과 놀겠나 싶었다.

그다음 날 둘째를 샤워시키는데 어허……. 둘째 역시 뭐가 나기 시작한다. 그리고 며칠 뒤 막둥이까지 당첨! 너희는 왜 항상 같이 아파야 하는 거니? 매번 수건을 삶고, 되도록 밥도 같이 안 먹이려고 했건만 한 녀석만 아프고 지나가면 겁나 섭섭한가 보지?

그러고 보니 그때가 언제였더라……. 머릿니가 돌고 있으니 청결에 주의해달라는 내용의 가정통신문이 온 적이 있었다. 세상에, 요즘 세상에 머릿니가 다 뭐람?! 매일매일 샤워하는 애들인데 설마 머릿니가 생길까 싶었지만 오만이었다. 인류가 멸망해도 모기와 바퀴벌레와 머릿니는 살아남을 것이라는 말이 있다고 했는데 과연 정말이었다. 반에 한 아이라도 생기면 그 반은 전멸이 되는 것이다. 어디서 옮아왔는지 모르겠지만 큰아이인지, 둘째 녀석인지 머릿니가 보였다. 다니는 곳이라고는 학교, 학원, 어린이집밖에 없었는데. 하긴 다 애들이 많은 곳이구나 싶었다. 그날 밤 세 녀석을 전부 발가벗기고 머리에 약을 친 다음 밤새 머릿니를 잡았다.

그다음 날 이부자리, 옷, 수건 등등 빨 수 있는 건 모조리 다

절찬리 육아중

빨았다. 삶을 수 있는 것들도 모조리 팍팍 삶아버렸다. 둘째 녀석은 살짝 아토피가 있어서 여름철만 되면 모기 때문에 고생을 한다. 모기가 물면 그곳에 세균이 들어가서 바로 농가진으로 발전하고 농가진은 온몸으로 번지면서 다른 형제들에게까지 옮겨간다. 농가진에서 시작된 염증은 눈으로 퍼져 눈병으로 이어지고, 연고 바르고 안약 넣어주다가 먹는 약까지 먹는 상황에 이른다. 아이도 힘들겠지만, 쉴 새 없이 아파하는 이 녀석들을 보고 있자니 안쓰러운 마음과 함께 좀 힘이 빠지는 게 솔직한 심정이다. 유행에 예민한 녀석들, 그런 유행은 앞장서지 않아도 되는데 말이다.

한 녀석의 피부 진물이 덜하고 좀 나아가나 싶으면 또 다른 녀석이 시작이고, 막내는 어리다 보니 그냥 처음부터 끝까지 계속 아프고 쉴 새 없이 아픈 날들.

그러다 누군가가 "너희 애들은 왜 그렇게 자주 아프니?"라고 한마디 툭 던지면 그게 걱정의 말이어도 엄마인 내 가슴에 비수가 꽂힌다. 내가 관리를 제대로 못 해주나 싶은 생각을 시작으로, 고생하는 아이들 걱정까지 이어지면서 연신 한숨이 푹푹 새어 나온다.

아이들이 아파서 이렇게 한바탕 전쟁을 치르고 나면 그다음엔 엄마 차례가 된다. 온몸이 얻어맞은 것처럼 아프고 열이 슬슬 올라오는 것이다. 남편은 이미 출근을 했고, 첫째 아이도 학교에 갔고, 둘째 아이까지 어린이집에 가서 막내와 단둘이 집에 있는데 내 몸이 아프다. 막내에게 혹여 감기를 옮기면 안 되니까 마스크를 쓰고 방 한쪽에 드러눕자니 괜히 눈물이 난다. 아이들이 아프면 엄마가 돌보지만 엄마가 아프면 스스로 돌봐야 한다. 이 돌고 도는 지긋지긋한 쳇바퀴 같은 약봉지가 언제쯤 끝나려나.

애들이 돌아가면서 아프더니
이번엔 엄마 차례구나.
펄펄 열이 끓고 기침이 나도
막둥이를 돌봐야 하는 상황….
애들 병간호는 엄마가 한다지만
내 병간호는 누가 하나?
병간호는 개뿔!!
그냥 언능 훌훌 털고 일어나야겠다.
엄마가 아프니 집안이 개판이네….

엄마, 그중에 아들 엄마로 산다는 것

에피소드 18

# 어쩌다 보니
# 저염식 라이프

바야흐로 여름, 날이 점점 더워진다. 그런 만큼 부엌에 들어가기가 더 싫어진다. 내 어머니는 더운 날 추운 날 개의치 않고 어찌 가족들의 식성을 고려해서 밥을 짓고 음식을 만드셨을까? 내가 아이들을 낳아보니, 어머니의 정성과 부지런함에 다시 한 번 존경을 표하게 된다.

여름에도 예외는 없다. 땀이 줄줄 흐르는데도 이유식을 만들어야 한다. 요즘 같았으면 이유식 배달을 시켜먹었을 텐데 예전엔 이유식 배달이 그리 흔치 않았다. 나이 드신 분들이 하시는 말씀 중에 하나가 요즘엔 애들 키우기 참 좋아졌다는 이야기가 있는데, 내가 그 말을 종종 한다. 나 완전 꼰대 같네, 싶다.

맨날 고민해봤자 그 밥에 그 나물인데 하루도 고민이 끊이지 않는다. 외국은 메인 요리 하나에 반찬이라고 해봤자 샐러드 정도면 그만이던데, 우리나라는 뭔 놈의 반찬이 이렇게 많아야 하는지 모르겠다. 게다가 세 녀석 입맛이 다 다르니 밥때만 되면 식단 고민이 끝을 모르고 이어진다.

　남편과 나는 맵고 짜고 단 자극적인 음식을 좋아했다. 그렇지만 임신하고 아이를 낳고 난 뒤로는 자극적인 음식을 먹는 일을 손에 꼽게 되었다. 큰아이 이유식이 끝나니 둘째 녀석이 이유식을 시작하고 막둥이가 이제 이유식을 한다. 이러다 이유식 장인이 될 지경이다. 도대체 이유식을 몇 년째 만들고 있는 건지 모르겠다. 밥솥에 이것저것 야채와 고기를 넣고 쌀과 육수를 넣어 둘째가 먹을 진밥을 하고, 거기에 육수를 좀 더 넣어 달달 볶으면 막둥이 밥이 완성된다. 첫째는 김치도 제법 먹지만 사실 애들이 먹는 음식들은 다 허옇고 멀겋기만 하다. 부지런한 사람들은 아이들 먹을거리 어른 먹을거리 두 가지로 만든다는데, 잠깐 부엌에 다녀오는 것도 생난리를 치는 녀석들을 내버려두고 두 가지 스타일로 음식을 만드는 건 무리다.

　오랜만에 남편과 입맛을 자극하는 매콤한 음식을 만들어 먹으려다가 어김없이 엄마를 찾아대는 녀석들 때문에 우리는 또

　　　　　　　　　　　　　　　　　　　　절찬리 육아중

밍밍한 아이들 반찬과 국으로 저녁을 때웠다.

어쩌다 보니 저염식 라이프가 된 남편과 나. 이러다
우리 엄청 건강해지는 거 아냐? 그러지 말고, 오늘 아이들
후딱 재우고 나서 매콤한 골뱅이무침에 맥주 한잔할까?

첫째는 안 맵게, 둘째는 진밥,
막둥이는 이유식.
후~ 몇 년째 이유식을 만들고 있는 거래니!!
나 이러다 이유식 장인 되는 거니?
의도치 않게 엄마, 아빠도
몇 년째 저염식 하는 중!

# 엄마도 엄마가 필요해

"엄마, 컵이 손이 안 닿아요."

"엄마, 내일 준비물 사야 해요."

"엄마, 내 교복 빨아주세요!"

"엄마, 엄마아~"

너무 감사한 단어지만 가끔은 그 '엄마'라는 말이 미치도록 버거운 날이 있다. 우리 엄마도 나와 같은 적이 있었을까……. 옛 어른들이 다 그러셨겠지만 친정 엄마도 어려서부터 동생들을 키우셨고 결혼하고는 큰며느리 역할을 해내셨다. 그런 엄마를 보고 자라면서, 엄마라는 존재는 저렇게 든든하게 뭐든 착착 잘해야 하는구나 싶었다. 그에 반해 나는 아이 셋도 버거워서 이렇게 징징거리고 있으니, 제대로 된 엄마 되기란 글렀구나 싶었다.

나만 찾는 꼬맹이 셋, 그 누구에게도 도움 받을 수 없어 오롯이 혼자 해나가야 했던 육아 환경, 가끔 남편 쉬는 날에 아이들 맡기고 혼자 밖에 나가고 싶어도 주변에 친구 하나 없는 타지 생활…… . 모든 상황이 나를 외롭게 만들었다.

　막둥이 아기띠를 한 채 첫째와 둘째를 재빠르게 샤워를 시킨 다음 수건으로 몸을 닦아준다. 그러고는 막둥이 목욕 시키기 시작! 그다음엔 세 녀석 머리를 말려주고, 입을 옷 챙겨주고 나면 욕실 한쪽에 쌓인 빨랫감들. 빨래를 세탁기에 넣고 난 뒤 잠깐 앉아서 좀 쉴까 하면 저녁 시간이다. 저녁을 후딱 해먹이고 나면 아이들은 엄마는 왜 우리랑 놀아주지 않느냐고 징징. 그러면 또 맘이 흔들려 한바탕 놀아주고, 나도 책육아 해보겠노라 몇 권씩 읽어주며 재운다. 그런 뒤 살금살금 나와 거실을 둘러보면, 와~ 대박! 그야말로 난장판이다.

뭣 모르는 사람들 말마따나 '집에서 노는데'
왜 이렇게 온몸이 천근만근 아프고 피곤한 걸까.

엄마가 해주시던 밥, 엄마가 잘 빨아서 개켜주셨던 빨래들, 깨

　　　　　　　　　　　　　　　　　　　　절찬리 육아중

끗한 집. 그 모든 것이 이토록 소중했구나 싶다. 오늘은 나도 엄마한테 마구마구 힘들다며 투정 부리고 싶다. 오랜만에 엄마한테 전화해서는 엄마가 해준 열무김치가 먹고 싶다고 지나가는 말로 했는데 얼마 후 엄마가 직접 담근 총각김치를 보내주셨다.

우리 엄마가 만들어준 음식…….

엄마도 엄마가 필요한 날들이 아직도 많은가 보다.

엄마에게도 엄마가 필요한 날이 있다.
엄마가 해주던 따뜻한 밥
깨끗하게 빨아서 개켜놔주시던 옷
깔끔하게 치워놔주시던 내 방.
울 엄마도 엄마가 필요했을 텐데….
결혼하면 철든다더니
아들내미 셋의 엄마가 되고 나니
울 엄마의 노고를 알겠다.

# 막둥이는 사랑입니다

첫째아이는 시댁에 함께 살면서 회사를 다니느라 바빴던 탓에 예뻐도 예쁜지 모르고 키웠다면, 둘째 때는 분가하고 오롯이 혼자 하는 육아와 살림이라 그야말로 정신없이 아이를 키웠다. 사람들은 이런 나의 사정도 모르고 "셋째는 발로도 키운다면서요?" "육아 달인이시겠어요!"라고 하는데 사실 셋째를 키우면서 새록새록 할 때가 많다. 이 시기 때 아이가 이렇게 예뻤나? 원래 이렇게 오물거리면서 밥을 먹는 건가? 어머! 이 녀석 천재 아닐까? 너무나 똑똑한데?

셋째를 보면 볼수록 신기할 때가 참 많다. 그렇다고 첫째와 둘째가 예쁘지 않았던 것은 아니다. 단지 그 시기에는 내가 지금보다 더 어렸고, 몰랐던 것도 많았다. 아이들 행동을 보다가 '혹시 뭔가 잘못되는 건 아닐까' 조바심이 난 적도 있었다. 아무래도 두려운 마음이 컸던 것 같다. 이제는 어느 정도 육아하는 데 익숙해져서일까? 첫째 때는 사실 육아에 대해 아무것도 몰랐기에 하나하나 일일이 신경을 썼다. 다른 아이들은 다 기저귀를 뗐다던데 왜 우리 아이만 늦는 건지, 치아가 다른 아이들보다 더디게 나는데 무슨 문제가 있는지, 말이 좀 늦는 것 같은데 이유가 뭔지……. 엄마인 내가 뭘 잘못하고 있는 건가 싶어서 걱정이 한가득이었다. 그래서 아이에게 이런저런 공부도 시켜봤고, 나 역시 육아서도 열심히 보면서 이렇게 아이를 키우는 것인가 허둥지둥했었던 것 같다.

그러한 시행착오를 거쳐 이제는 사실 기저귀 좀 늦게 떼도, 말이 살짝 늦어도 초등학교 들어가면 다 똑같이 한 교실에 앉아서 공부하는 모습을 봐왔기에 느긋한 마음이 없지 않아 있다. 그러니 무엇이든 첫째 둘째 때보다 여유가 있는 것 같다.

마음의 여유라는 것이 금전적이고 물질적인 여유를
의미하는 말이 아니다. 그저 아이가 맞이할
가까운 미래에 대해 동동거리지 않음을 의미한다.

절찬리 육아중

막둥이라서 예쁜 게 아니라 첫째와 둘째 모습이 막둥이에게 보여서 그랬나 싶기도 하다. 두 녀석을 키울 때도 이렇게 예뻤을 텐데 막둥이를 보며 새삼 더 예뻐 보이고 사랑스러워 보인다. 흔히들 다둥이를 키우는 집에서 하는 이야기가 있다.

"막둥이는 사랑이죠."

맞는 말이다. 막둥이는 사랑이고, 첫째는 첫사랑이며, 둘째는 애틋한 사랑이다. 그렇다면 남편은? ……의리?! 의리는 평생 가는 거니까!

 첫애 때도, 둘째 때도 이맘때
이렇게 예쁘고 귀여웠을 텐데.
이 녀석은 마지막인 거 아니까
좀 더 오래 끼고 있고 싶은 엄마 마음.
착착 앵겨 붙는 이 녀석을
어찌 이뻐하지 않을 수가 있나요!

에피소드 21

# 낮커밤맥

* * * * * * * * * * * * * * * * * * * * * * * * * * * * * * * * * *

"엄마는 뭘 제일 좋아해?"

아이들이 물어보면 요즘 나는 고민하지 않고 "낮커밤맥"이라고 말한다. 낮에는 달달한 믹스커피와 쌉싸름한 아이스커피의 카페인 힘을 빌린다.

밤에 먹는 맥주는 육아 퇴근을 하고 아이들을 다 재우고 나서 오늘 하루도 수고했다고 나 자신을 다독이는 의미이기도 하다. 가끔은 아이들과 대판 싸운 뒤 화딱지가 나서 먹기도 하고, 아니면 반성의 의미로……. 그렇다. 모든 게 다 이유가 된다.

방학이 되면 첫째와 둘째는 온종일 집에 있는데, 정말 눈을 뜨면서부터 잠을 잘 때까지 서로 치고받고 싸운다. 사소한 것 하나하나까지 부딪히고 티격태격 시비가 붙는다. 그러다가도 또 언제 싸웠냐는 듯 세상 둘도 없는 사이가 되어서는 깔깔거리며 놀기에 바쁘다.

그 사이에 막둥이는 자기도 형들 사이에 끼고 싶어서 어떻게든 같이 놀자고 비집고 들어간다. 그러고는 형들이 만들어놓은 장난감들을 다 부숴버리기 일쑤다. 싸우긴 해도 형제는 형제인가, 서로 챙겨주는 모습을 보면 피는 물보다 진하다는 말이 과연 맞구나 싶다. 아이들이 놀고 있는 사이 나도 잠깐 티타임을 가져볼까? 후딱 아이스커피를 한잔 타서 시원하게 들이켜는 찰나, 첫째가 소리를 지른다.

"엄마! 똥냄새 나요."

막둥이 자세를 보니 엉거주춤 궁둥이를 바닥에 붙이지 못하고 있다. 어째 영 불편하게 앉아 있는 모습이 아무래도 급 똥을 싸신 듯하다. 막둥이의 바지를 벗겨놓고 기저귀를 갈고 있는데 둘째 녀석이 유아용 변기에 앉아서 애타게 나를 찾는다.

"희수야~ 잠깐만, 조금 기다려~ 엄마 금방 갈게~"라고 말하며 재빠르게 막둥이 응가를 닦고 둘째에게 가서 응꼬를 닦아주었다. 그런데 갑자기 첫째의 비명 소리가 들려온다. 뭔가 쎄~한 기분이 든다. 잠깐 기저귀를 벗겨놓은 막내 녀석이 그 상태로 큰형에게 가서는 형아 책에 쉬아를 해버린 것이다.

울고불고 하는 첫째를 다독이고, 젖은 책은 잘 닦아주고 깨끗이 말려주겠노라 약속하고 막둥이의 젖은 옷을 벗겨 다 씻고 뒤처리를 하고 나니, 내 몸은 온통 땀범벅.

그제야 아까 타두었던 아이스커피가 보인다. 에이, 이건 뭐 니 맛도 내 맛도 아닌 밍밍한 설탕물 아닌가. 그렇게 전쟁 같던 하루가 지나고 밤이 되자 시원한 맥주 한 캔이 절로 떠오른다. 안주 따위는 필요 없다. 그냥 시원하게 맥주 마시며 갈증이나 풀고 자야겠다!

육아의 완성은 체력이라고 했던가?
전투적으로 육아하다 지쳤던 어느 날.
미친 듯이 화나다가
또 애틋하게 예쁜 이 녀석들.
오르락내리락하는 나를
자책하게 된다.
그런데 위로받을 게
시원한 맥주 한 캔이 전부라니.

# 우리의 소원은
# 삼형제 메뉴 통일

똑같이 열 달 동안 내 배 속에 있었는데, 이 녀석들은 어쩜 그렇게 다른 것일까? 첫째는 워낙 덤벙거리는 터라 자기 물건을 수시로 잃어버리고, 둘째 녀석은 너무너무 꼼꼼한 성격 때문에 어린데도 자분자분 자기 물건을 챙기는 스타일이며, 막둥이는 아직 감이 안 온다. 성격뿐만 아니라 잠버릇, 좋아하는 취향도 다 다른 녀석들. 특히나 식성이 너무나 다르다. 한 녀석은 생선을 싫어하는데, 다른 한 녀석은 생선구이를 해주면 게 눈 감추듯 먹어버린다. 또 한 녀석은 버섯이 너무너무 맛있다고 하는 반면 다른 녀석은 버섯을 잘게 다져서 음식에 넣어도 절대 미각이라도 되는 양 잘도 알아맞히며 버섯이라면 질색을 한다.

이쯤 되면 시집살이가 아니라 '아들살이'인가 싶을 정도다.

몇 해 전, 계란 파동 때문에 '계란이 금란'이라고 할 때가 있었다. 하지만 우리 집 꼬맹이들이 좋아하는 계란을 안 해먹일 수는 없어 마트에서 계란을 사와 프라이를 해주려고 녀석들에게 물어보았다. 그러자 첫째는 노른자를 터뜨리지 않고 다 익히지 않으면서 흰자 가장자리는 바삭한 반숙을 원했고, 둘째 녀석은 흰자와 노른자의 분간 없이 부드러운 스크램블 스타일, 막둥이는 야채 다져넣고 부드럽게 돌돌 말은 계란말이를 원했다. 하…… 이놈의 자식들! 이쯤 되면 엄마들 으레 하는 말이 하나씩 있을 것이다.

"너희가 배가 덜 고파봤구나~~! 맨날 밥에 김치만 줄까 부다! 아주 호강에 겨워 요강에 똥 싸는 소리를 하는구먼~!"

혼자 부엌에서 구시렁거렸더니 막둥이가 조용히 다가와서 물어본다.

"엄마, 호강이랑 요강은 어디에 있는 강이에요?"

오구오구, 우리 막둥이 덕에 웃는다. 내가 너희에게 별소릴 다 했구나 싶었다. 이렇게 아들 셋 입맛이 제각각이니 그냥 내 마음

절찬리 육아중

대로 메뉴 선정해야겠다며 투덜거리는 날이 있긴 있다. 하지만 맛있는 음식 해주었을 때 아이들이 날려주는 "엄지 척!"이 얼마나 달콤한지 모른다. 그래서 다음 날이 되면 "뭐 먹고 싶니?" 하고 녀석들에게 또 물어보고 있으니, 이거 원…… 내 무덤을 내가 파는구나.

똑같이 열 달 배 아파 낳고
특별히 다른 태교를 한 것도 아닌데,
한배에서 나왔는데도
성격이며 식성이며 참 다른 너희들!
저기요~ 아드님들~
우리 좀 메뉴 좀 통일 합시다요~!
어째 그리 다들 입맛이 다른 게냐?
앞으로 물어보지 않고
애미 마음대로 하겠습니다!

에피소드 23

# 내 말 듣고 있나요?

한 가정의 가장으로 산다는 것은 참 힘든 일이다. 더군다나 요즘
에는 바깥에서 일도 잘해야 하고, 집에 와서 가정적이기까지 바
라는 추세이니 더욱더 힘들 것이다. 이른 출근과 늦은 퇴근, 원
치 않는 회식과 일의 연속이라고 하는 술자리 그리고 야근까지.
이 모든 것이 마냥 좋지 않고 어쩔 수 없음을 안다. 퇴근하고 왔
는데 뭔 일이 있었는지 집은 난장판에, 애들은 자고 마누라는
그 옆에서 곯아떨어져 아무도 반겨주는 이가 없을 때도 많았을
거다. 그래도 남편은 가끔 일찍 퇴근하는 날이나 주말에는 어김
없이 아이들과 많이 놀아주려고 하고 집안일도 자주 하려고 애
쓴다. 아마도 남편 입장에서는 '회사 퇴근=집으로 출근'이라고
생각할지도 모르겠다.

아이들이 셋이 되었으니 아무래도 남편 어깨가 더욱 무거워졌

겠지 싶었던 어느 날. 시어머님이 이제 너도 일을 해야 하지 않겠느냐고, 내게 말씀하셨다. 요즘 세상에 혼자 벌어서 어디 아이 셋을 잘 먹이고 제대로 입히고 여유롭게 돌보겠느냐는 말씀이셨다. 하지만 남편은 남의 손에 아이를 맡기느니 자기가 좀 더 부지런히 벌겠다며, 나는 집에 있어주기를 원했다. 가끔가끔 나의 부수입이 조금 있지만 남편의 주된 수입으로 가계가 흘러가는 것을 알기에 남편의 수고스러움을 참 고맙게 생각한다.

아빠와 함께하는 시간보다 엄마와 있는 시간이 많기에, 아이들이 엄마를 더 따르게 되는 건 어쩔 수 없는 일이다. 하지만 아이들이 엄마만 따른다고 해서 엄마는 결코 행복하지 않다. 내가 너무 욕심이 많은 것일까? 평소에 제일 싫어하는 행동 중 하나가 TV 보며 밥 먹는 것이다. 눈과 귀가 TV로 향해 있기 때문에 온전히 식사하는 그 시간을 바보상자에 빼앗겨버리는 것 같다. 그런데 역시나 오늘도 남편은 TV를 보면서 저녁을 먹고 있다. 남편 퇴근하기 전에 일찌감치 아이들 저녁을 먹이고 재운 날이기도 해서, 오랜만에 둘이 조용히 이야기 나누면서 밥 먹을 수 있겠다는 기대는 나 혼자만의 착각이었나 보다. 남편에게 이런저런 이야기를 꺼내보지만 내 이야기를 듣는 건지 마는 건지 시선은 온통 TV를 향하고 있다. 뭐야, 내가 투명인간이라도 된 것 같잖아…….

그래, 뉴스에 나오는 정치나 사회 이야기도 물론 중요하다. 그렇지만 당신 마누라는 오늘 뭘 했는지, 요새 어떤 마음인지도 좀 알아주었으면 좋겠다. 내 말을 듣는 둥 마는 둥, 같은 것을 두 번 이상 물어봐야 겨우 대답해주는 사람. 하루 중 유일하게 집에 와서 쉬면서 밥 먹는 시간이니 쉬고 싶은 건 이해한다.

"내 이야기 들었어?"

"어어, 미안. 뭐라고?"

"아니, 그래서 막둥이가 아까 말이야……."

남편의 시선이 또 TV를 향하고 있어 나는 하려던 이야기를 접었다. 내가 조용히 밥을 먹자 남편은 이상하다는 듯이 무슨 말 하려고 했느냐면서 물었지만 나는 아무 이야기 아니니 TV를 보라고 했다. 그랬더니 고개를 끄덕이고는 정말 너무나 심각하게 뉴스를 보는 이 사람!

아이들 못지않게 아빠를 기다리고, 같이 말할 사람을 기다린 마누라 생각도 좀 해주었으면 좋겠구먼.

에라, 안 한다, 안 해! 내가 뭐 이야기 못해서 환장한 사람도

아니고 그냥 벽 보고 이야기하고 말란다.

연애할 때, 내 이야기 토시 하나 안 빼먹고 두 눈 다정히 맞춰 주던 다정다감한 남자였다. 그러면서도 함부로 입을 놀리지 않는 묵직한 사람이었는데, 그 묵직함이 이렇게 나를 무겁게 만들 줄은 몰랐다. 이 아저씨야~! TV랑 천년만년 행복하게 오래오래 사세요~ 나중에 곰국 끓여놓고 나는 혼자 신나게 놀러 다닐 테니까!

지금 나는 누구랑 이야기를 하는 거지?
내 앞에 있는 이 남자는
분명 연애 때 두 눈 맞추며
내 이야기 하나, 내 시선 하나
두 눈에 가득 담던 그 사람이 맞는 건가?
많은 걸 바라는 게 아니야.
그저 오늘 하루에 대해 이야기를 나누며
우리의 하루를 공유하고 싶을 뿐.

엄마, 그중에 아들 엄마로 산다는 것

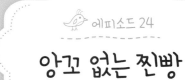

# 앙꼬 없는 찐빵

분가하고 나서 임신과 출산의 시기를 연이어 겪으니 외출할 때는 곁에 항상 껌딱지들이 따라붙었다. 주변 사람들 보면 시댁 찬스, 친정 찬스 쓰고 남편과 둘이 데이트하고 그러던데 우리에게 데이트란 길 건너 남의 일이었다. 애들 봐줄 사람도 없을뿐더러 둘이서 딱히 가보고 싶은 곳도 없었기 때문이다. 오랜만에 시댁에 가게 되던 날, 남편은 어머님께 우리 둘이 나갔다 오겠다며 아이들을 잠깐 봐달라고 부탁했다. 어머님이 아이들을 워낙 잘 봐주시긴 해서 아이들은 걱정되지 않았지만 아무래도 어머님 연세가 있다 보니 머스마 셋을 봐달라고 하기 좀 죄송스러웠다. 하지만 이런 기회 아니면 언제 콧구멍에 바깥바람을 쐬겠나 싶어 졸래졸래 남편을 따라나섰다.

오랜만에 둘이 손을 잡고, 영화를 예매해둔 극장으로 걸어가는데 기분이 꽤 남달랐다. 물티슈, 아이들 간식, 손수건 등 아이들 짐이 가득 들어간 가방 대신 가뿐하게 휴대폰 하나만 들고 있는 내 손이 신기했다. 항상 한 손에 아이들 잡고 다른 한 손으로 유모차를 밀곤 했으니까 말이다.

남편 손을 잡고 걷고 있자니 기분이 새록새록 연애했을 때 생각이 났다. 영화가 시작하기 전까지 시간이 조금 남아 극장 건물에 있는 쇼핑몰에 가서 이것저것 구경을 하는데 순간 남편과 서로를 마주보며 웃음이 터졌다. 남편은 아이들 장난감을 보고 있고, 나는 아이들 옷을 보고 있고, 또 주고받는 대화는 온통 아이들 이야기였기 때문이다.

와, 우리 연애할 때 데이트하면서 무슨 이야기를 했더라?
제대로 기억나는 게 하나도 없었다. 오랜만에 신랑과의
오붓한 데이트는 꼭 앙꼬 없는 찐빵 같았다.
귀찮다, 귀찮다 해도 엄마아빠는
이제 너희들 없이는 안 되나 봐~

남편은 항상 아들 녀석들한테 잘 해줘 봤자 장가가면 그만이라고, 그러니 애들 말고 자기한테 더 잘해주라고 말한다. 아이들 다 크고 곁을 떠나면, 결국 부부밖에 없다는 것이다. 자기 좀 챙겨달라고 투덜거릴 때 보면 꼭 아들만 넷을 키우는 거 아닌가 싶다.

맨날 양손에 바리바리
물티슈, 손수건, 간식이 들어 있던
'내 꺼인 듯 내 꺼 아닌' 내 가방도 없고
양쪽 가득 잡고 있던 애들도 없으니
뭔가 홀가분해야 하는데
왜 이렇게 신경이 쓰이는 건지 모르겠다.
뭔가 중요한 걸 놓고 온 기분….
앙꼬 없는 찐빵이 이런 걸까?

# 잘하고 있으니
# 걱정일랑 넣어두시죠

머스마 셋을 키우는 우리집에서 가장 우선시하는 것. 바로 바나나우유통이다. 첫째 때도 그러했지만 둘째를 거쳐 이제 막둥이까지 쉬아 연습을 할 때 필수품이 된 바나나우유통. 월드컵 때온 집안 식구들이 모여앉아 우리나라 골이 들어가면 환호성을지르는 그 감격을, 아이를 키운다면 자주 느낄 수 있다. 기저귀에 하던 쉬아를 바나나우유통에 쪼르르 소리를 내면서 싸는 그순간 큰아이는 이제 좀 뭘 아는 건지 동생을 지켜보며 옆에서박수치고 환호를 한다.

유아용 변기로 가기 전 단계에 바나나우유통으로 기저귀 떼기 훈련을 한다. 여름철에는 아예 기저귀를 벗겨놓은 채로 집 안에서 연습을 한다. 혹여 실수를 해도 빨랫감의 부담이 적은 여름철이 기저귀 떼기의 적기인 것 같다.

아이마다 기저귀를 떼는 시기는 다 다르다고 생각한다.
남의 아이가 기저귀를 늦게 떼건 말건
왜 그렇게 주위에서 참견들을 많이 하는지 모르겠다.

나이보다 좀 더 덩치가 커 보일 수도 있고, 또래보다 작아서 더 어려 보일 수도 있는데 아이들을 데리고 나가면 으레 하는 말들. "아직도 기저귀 차고 있는 거야?" "기저귀를 늦게 떼면 발달이 늦다던데." 등등 어쩌고저쩌고. 심지어는 엄마가 되어서 아이 기저귀 떼는 것도 제대로 안 하고 뭐하는 거냐는 식의 이야기까지 하는 사람도 있다. 게으르고 한심한 엄마로 단정 짓고는 아이도 어딘지 조금 부족한 게 아니냐는 시선을 던진다.

유독 더운 여름이기도 한 데다 막둥이는 원체 땀을 많이 흘린다. 허겁지겁 외출하느라 양말을 안 신기고 아기띠에 둘러메고 나오는 날이면 좀 나이 있어 보이는 어르신들이 그냥 지나치지를 않고 꼭 한마디씩 건네신다. 양말을 신겨서 다니라는 거다. 양말 가지고도 그렇게 뭐라고 하시는데, 기저귀에 대해서는 할 말이 더 많으시겠지.

기저귀 떼기 슬슬 연습 중이거든요. 애가 원할 때 천천히 뗄 거

절찬리 육아중

니까 걱정하지 마세요, 제발……. 여자아이들이 좀 더 빠르다는
둥 남자아이들은 발달이 늦다는 둥 그런 이야기 좀 넣어둬요. 어
차피 학교 가기 전까지 쉬아 완전 가리면 되는 거 아닌가요?

변기를 그렇게 싫어하던 녀석이 어느 순간 궁둥이를 유아변기
에 들이밀고 움찔거리는 걸 보면 역시 아이는 자기가 커갈 속도
로 성장하는 것 같다. 고추를 잡고 꼼지락거리면 냅다 바나나우
유통을 들이밀며 오늘도 온 가족이 모여서 "쉬~~~이~~"라고
외치면서 막둥이의 쉬아를 응원한다.

옆집에서 우리 집 소리만 듣고
월드컵 골 넣은 줄 알겠네~!
막둥이 쉬아 골인 한 번에
우리 가족은 그렇게 초흥분 상태가 됐다.
다둥이네서만 낼 수 있는 벅찬 효과음!!
자기가 뭔가 해냈다는 뿌듯함에
우리 막둥이 어깨가 으쓱으쓱하는구나~

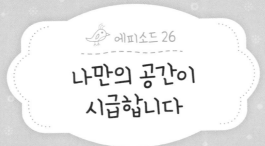

사람에게는 잠을 잘 권리, 맛있는 것을 먹을 권리, 샤워할 권리, 그리고 혼자 '혼똥'을 즐길 권리가 있다. 하지만 꼬맹이들과 함께 한 후 나의 이 모든 권리를 박탈당한 지 오래다. 아이가 통 잠을 자지 않아서 계속 안아주고 있다가, 얼마 지나 그제야 푹 잠든 것 같아 슬그머니 이부자리에 아이를 내려놓는다. 계속 참아왔던 급똥 소식에 화장실로 달려가 그분을 만나려는 찰나! 이 녀석 등에는 무슨 센서라도 달려 있는 건가! 푹 자는 줄 알았는데 금세 울고불고 엄마를 찾아대는 아이는 나 혼자 편히 응가하는 자유마저 허락하지 않는다.

큰아이는 100일까지 모유를 먹였고 둘째는 이유식을 할 때까지 오로지 모유만 먹였으며 막둥이는 혼합 수유를 했다. 어쨌든 세 녀석 모두 되도록 모유를 먹이려고 애썼다. 누군가 같이 집에 있으면 막둥이에게 분유병을 쥐여주고 나서 화장실을 가도 괜찮을 텐데 집에 어른 사람은 오로지 나 혼자였던 시간들이 많았다. 막둥이에겐 미안하지만, 화장실에서 수유를 하기도 했다.

근데 정말 이렇게까지 해야 하는 거야?
나도 부끄러움을 아는 여잔데!
너희에게 응원받으며 응가하고 싶지는 않다고!

나도 나만의 프라이버시가 있는데, 잠깐만 참으면 될 텐데 그걸 못 참고 앵앵거리며 엄마를 찾는 녀석들. 수유할 때면 아직 많이 어릴 때니까 분리불안이 있을 수 있다. 아이 셋쯤 키워보면 그냥 어느 정도 포기하고 맘을 내려놓은 채 화장실 문 열고 볼일 보는 것쯤은 아무것도 아니다.

언제까지 화장실 문을 열고 생활해야 하는 걸까? 막둥이가 말문이 트이면서 조금씩 혼자 있을 수 있게 된 어느 날이었다. 아이들이 뭐 할 때마다 "자, 빨리빨리~ 열 셀 동안 끝내자~"라고 다그쳤던 나의 모습을 따라 배운 건지, 막둥이가 샤워 중인 내 앞에서 열 셀 동안 씻으라며 다그치는 것이다. 이제 막 머리에

절찬리 육아중

샴푸 거품 내고 있는데 빨리 나오라니? 이건 뭐 극기 훈련도 아니고 말이지. 대체 누가 집에서 애 보는 거 쉽다고 했는지 모르겠다.

머리에 샴푸 이제 시작했다고!
근데 벌써 다 했냐니?
정말 얄짤 없는 우리 막둥이.
엄마도 언젠가는 혼자 응가하고
여유롭게 바디스크럽도 좀 하고
거품목욕 할 날이 오긴 하는거지?
그날을 기약하며~ㅋ

다섯
하나 아홉
두울
일곱 여얼

# 3장

# 가지 많은 나무에
# 바람 잘 날 없다더니

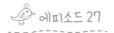

# 삼형제의 꿀알바

다섯 남매를 키우신 친정 엄마는 어렸을 때 우리에게 흰머리를 뽑으라고 시키면서 한 개당 10원을 쳐주겠다고 했다. 그때가 기억나기도 했고, 이 녀석들이 내 머리에서 흰머리를 잘 찾을까 궁금해서 흰머리 뽑기를 시켜봤다. 나 어릴 적에 개당 10원이었으니까 물가 인상을 생각해서 100원 정도로 쳐주면 되려나? 놀고 있는 꼬맹이들을 불러 세웠다.

"지금부터 엄마 머리에서 흰머리를 찾아서 뽑아! 한 개당 100원이다."

"우아아~!"

남자아이들은 승부욕이 묘하게 남다르다. 밥을 먹을 때나 옷을 입을 때, 길을 걸어갈 때도 남보다 뒤지는 걸 싫어한다.

역시나 누가 더 많이 뽑나, 누가 더 돈을 많이 버나 승부욕이 발동한 모양이다. 큰아이는 그렇다 치더라도 둘째와 막둥이는 뭘 안다고 그러는 건지, 웃음이 새어 나온다. 너희 오늘 용돈 좀 두둑하게 챙기겠는데?

아이를 낳고 한 해 한 해 나이가 들어가면서 흰머리가 점점 늘어난다. 그래서 녀석들이 잡는 것마다 물건이지 싶다. 둘째 녀석은 못 찾겠다며 결국 포기를 했고 큰아이만 신나서 100원, 200원, 300원…… 900원, 1000원 용돈을 많이 챙기고 있다. 흰머리를 쏙쏙 골라내면서 너무 잘 찾는 형이 신기했는지 둘째 녀석도 다시 엄마 머리를 여기저기 훑어보기 시작한다.

형들이 신나서 꽁냥꽁냥 하고 있으니 저도 궁금했는지 막둥이 녀석까지 뛰어온다. 그러고는 자기 머리에도 있는지 보라며 내 옆에 벌러덩 눕는다. 머리카락 하나라도 뽑으면 아파 죽겠다고 생난리 피울 거면서.

그런데 아들들~ 이 애미의 늘어난 흰머리를 보고 뭐 좀 느끼는 게 없니? 용돈 생각만 하지 말고 엄마의 노고를 알아달라고 하기엔 아직 너무 이른 건가? 그래 뭐~ 손가락 운동, 눈알 운동

열심히 했으면 그걸로 된 거지 뭐. 언젠가 너희가 이 애미의 흰머리를 보고 가엾게 여기는 날이 오긴 오겠지~!?

"엄마 흰머리 한 개에 100원!"
엄마 어렸을 땐 한 개당 10원이었어, 요놈아!
물가도 올랐으니 올려주는 거임 ㅋ
대신 검정 머리 뽑으면 마이너스다.
이 포그만한 녀석들에게
엄마 흰머리 많은 거 보고
애미의 노고를 알아달라는 건 무리겠지?
한 번에 뽑아, 엄마 아프다!

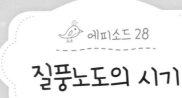

에피소드 28

# 질풍노도의 시기

동생들과 엄마와 함께 잠을 잤던 큰아이가 자기 방을 가지고 싶다고 했다. 혼자 자도 무섭지 않을까 걱정되었지만 독립을 원하는 시기이니 큰아이만의 방을 만들어주었다. 어느덧 큰아이가 초등학교 3학년, 열 살 소년이 된 거다.

열 살은 10대의 시작이라고 한다. 부모가 잘 알지는 못하지만 이때부터 슬슬 아이는 격동의 사춘기를 시작한다고 한다.

어느 날엔 학교 가고 난 아이의 방을 정리하려고 방문을 열려고 하는데 문 앞에 '함부로 제 방에 들어오지 마세요. 이제 저도 열 살이라고요.'라는 쪽지가 붙어 있었다.

아니, 누군 뭐 좋아서 들어가나? 들어오지 말라고 할 거면 청

소나 좀 하지? 준비물도 아직 혼자서 제대로 못 챙겨 엄마가 봐
줘야 하는 처지면서 함부로 방에 들어오지 말라니, 어이가 없다.

머스마가 셋이다 보니 우리 집 베란다에는 옷상자가 참 많다.
큰아이 입던 옷을 둘째가 물려 입고 그중에 괜찮은 걸 추려서
막둥이까지 물려 입는다. 그래서 옷장 정리를 할 때면 물려주는
옷들 때문에 참 버겁다. 큰아이 어렸을 때 입었던 옷이 이제 막
둥이의 옷장으로 들어가는 걸 보고 있자니 아이는 점점 크고 있
는데, 엄마인 나는 아직도 큰아이를 막둥이 같은 꼬마로 보는
게 아닌가 싶은 생각이 들었다.

어느덧 초등학교 5학년이 된 큰아이의 키는 이제 내 어깨에 닿
을락말락하고, 내 발만큼이나 발도 커졌다. 하루는 큰아이가 거
울에 바짝 붙어서 얼굴 여기저기를 훑어보고 있었다. 몹시 언짢
아 보이는 표정이어서 왜 그런지 이유를 물어봤더니, 이마에 여
드름이 하나둘씩 올라오고 있었다. 솜털이 보송하고 뽀얗기만 했
던 피부에 하나둘 올라오기 시작한 여드름을 보니 우리 큰아들
이 이제 조금씩 어른이 되기 위한 준비를 하고 있구나, 실감했다.

영 신경이 쓰인다는 얼굴을 하고 있는 녀석에게 커가는 과정
이라며 도닥도닥 해주었다. 여자애들만 피부에 관심이 엄청 많

을 것 같았는데 남자애들도 피부에 저렇게 신경을 쓰는구나, 문득 새삼스러웠다. 요즘 나는 아들의 폼클렌징과 스팟클리어 제품, 기름종이, 코팩 등을 장바구니에 넣는다. 어렸을 때는 샤워해라, 샤워해라, 몇 번씩 잔소리해야 겨우 씻었는데 여드름이 올라오고 남자아이들만의 기름기와 냄새가 심해지니, 큰아이는 씻으라고 하지 않아도 하루에 두어 번을 씻는다. 조금 있으면 면도한다고 면도기랑 쉐이빙폼도 사달라고 하겠지? 생각만 해도 뭔가 기분이 이상하다.

솜털 뽀송뽀송하던 우리 큰아들 얼굴에
울긋불긋하게 하나둘씩 올라오는
여드름이 보이기 시작했고
항상 아기 같았던 녀석이
이제 제법 엄마 키를 따라 잡았다.
점점 듬직해지는 녀석을 보고 있자니
왜 이렇게 마음이 심쿵하지?
여드름도 이뻐 보여서 큰일이구나!
엄마가 여드름 전용 화장품 쏜다~

에피소드 29

# 아이 셋 엄마에게
# 가장 무서운 악몽

좌청룡 우백호라고 했던가? 나는 좌 둘째 녀석, 우 막내 녀석을 끼고 잔다. 큰아이가 잠자리 독립을 하고 나서도 여전히 나는 둘째와 막둥이로부터 독립 없이 계속 잠자리 사투를 벌이고 있다.

이 녀석들은 왜 잠잘 때면 가로로 자는 것일까? 왜 잠자면서 한 바퀴를 뱅뱅 도는 것일까? 도대체 꿈속에서 무슨 일이 일어나는 걸까? 이불을 덮어주려고 하면 이불을 발로 뻥뻥 차버리고, 그러다가 어떨 때는 이불로도 모자라 옆에 누운 나까지 뻥 찬다. 그래서 나는 아이들을 피해 침대 끝에 매달려서 잠이 들곤 한다. 남편은 진작 나와는 다른 방에서 잠이 든 지 오래다. 그럼에도 불구하고 둘째와 셋째가 태어난 것을 보면, 모르는 사람들은 우리 부부가 진짜 금슬 좋은 줄 알겠지? 그냥 스쳐도 한 방인 것을······.

그날도 역시 아이들 발길질에 침대 구석에서 최대한 몸을 웅크린 채 잠이 들었다. 잠든 지 얼마나 지났을까, 나는 소리를 버럭 지르고 잠에서 깼다. 너무너무 무서운 악몽이었다. 깨어나서도 생생하게 그 상황들이 기억이 날 정도로 무서웠다. 꿈을 꾸면서도 힘이 들었고 깨어나서도 숨을 고르면서 생각이 나서 등줄기로 식은땀이 날 정도였으니까.

> 꿈속에서 나는 왜인지 산부인과에 가 있었다.
> 나를 빤히 쳐다보던 의사 선생님은 단호한 목소리로 말했다.
> "축하합니다. 넷째를 임신하셨네요."

으악~! 언젠가는 꿈에서 죽어라 애를 낳았던 적도 있다. 수박 한 통을 통째로 낳는 느낌을 꿈에서 느낄 줄이야! 너무너무 힘들어서 울다가 깬 적도 있었는데 이번 꿈에서는 애도 안 낳았는데 의사 선생님의 그 단호한 한마디를 듣는 순간 소름이 돋았다.

흔히 남자들은 군 제대 후 다시 복귀하라는 꿈을 제일 무서운 악몽으로 꼽는다고 들었다. 여자들에게 가장 무서운 꿈은 아기 낳는 꿈일지도 모르겠다. 내 새끼라 매 순간순간이 너무 예뻤지만 열 달 꼬박 품어서 온갖 산고의 고통 끝에 그 녀석들을 만나고 혼자 먹고 자고 싸게 만들기까지 오랜 시간이 걸린다는 걸알아버린 지금, 아마도 그 힘들었던 순간들 때문에 넷째가 생겼다고 하는 꿈이 악몽이었으려나?

워~이~워이~ 아들 셋으로 충분하다! 악몽 안녕~

아무리 꿈이지만, 넷째라니!!
식은땀이 줄줄 흐르고
온몸에 소름이 돋는
너무도 생생한 악몽.
남편에게 말했더니
자기도 군대 갓 제대했는데
다시 군대영장이 날아온 악몽을 많이 꿨다며….
어쨌든 후덜덜덜덜덜~~~~

에피소드 30

# 첫 자전거

자리가 사람을 만드는 것일까? 둘째 녀석은 이래도저래도 참 짠할 때가 많다. 일찍부터 눈치가 생긴 것인지, 형이 뭘 사달라고 하고 막둥이가 뭐가 먹고 싶다고 해도 자기는 괜찮다고 하는 녀석. 그럼 그게 더 맘이 쓰여서 언제나 둘째에게는 몇 번을 더 물어보게 된다. 한번은 막둥이와 둘째가 같이 치과 치료를 받은 날이었다. 치료를 잘 받았으니 엄마아빠가 선물을 사주겠다고 했더니 신나 하는 막내와 달리 둘째는 동생 장난감 사느라 돈 많이 쓰셨을 텐데 자기는 괜찮다며 거절하는 게 아닌가. 그래도 그냥 넘어가면 공평하지 못하니 아빠가 몰래 나가서 원하는 과자를 사주었던 모양이다. 그러고는 며칠 뒤, 첫째가 그렇게도 바라던 자전거를 생일 선물로 사주던 날이었다. 엄청 부러워하는 게 눈에 보이기에 둘째에게 물어보았다.

"희수야, 너도 1월에 생일 되면 선물로 자전거 사주기로 했잖아. 그거 지금 땡겨서 사줄까?"

그랬더니 둘째가 대답했다.

"아니에요. 형아 자전거 사고, 희준이 장난감 사주느라 엄마아빠 돈을 너무 많이 썼잖아요. 그리고 치과에도 다녀왔고 집에 탈것 많으니 그냥 그거 탈게요. 이거저거 다 사면 낭비죠, 뭐."

아니 무슨 꼬맹이가! 대체 왜 저런 말을!

분명 얼굴은 엄청 가지고 싶은 표정이어서, 그날 둘째 녀석에게 생일 선물을 미리 앞당겨서 자전거를 사주었다. 항상 뭔가를 말하기 전에 고민을 하고 눈치를 보는 것 같은 이 녀석은 아플 때도 그렇다. 낮엔 좀 괜찮은 것 같더니만 해열제를 먹어도 열이 펄펄 끓어 체온을 재보니 39도, 40도를 왔다 갔다 했던 그날 밤. 물수건으로 온몸을 닦아주고 체온을 재가면서 간호를 하는 내게 둘째 녀석은 이렇게 말했다.

"엄마 추워요. 몸이 떨려요. 그렇지만 참아볼게요. 이건 바이러스랑 제 몸이 싸우고 있는 거니까요."

이 녀석아. 너는 고작 여덟 살 꼬맹이라고. 그런 거 참지 않아도
돼! 아가 때는 아프면 울고불고 징징거렸는데 아마도 동생이 태어
나고서부터였을까? 엄마가 동생 때문에 항상 분주했던 걸 보고
자라서인지 자기도 아이면서 제법 형아 흉내를 냈던 것 같다.

희수야~ 몸이 아프고 마음이 힘들면 언제든지
엄마에게 다 말해줘! 너는 아직 아이니까
엄마에게 마음껏 기대도 괜찮아~!

형아 자전거를 새로 사줬더니
자꾸 베란다에 가서 형아 자전거를
만지작거리는 둘째 녀석.
말은 사주지 않아도 괜찮다는데….
진짜 괜찮은 거 맞니?
사달라는 말보다 더 고단수네!

# 에피소드 31

# 혼자 있고 싶은 시간

계획이 은근 많이 세워지는 때가 있다. 다이어트도 해야겠고, 다용도실도 한번 싹 다 뒤집어서 청소 좀 해야겠고, 옷 정리도 해야 하고, 반찬도 몇 개 더 만들어봐야겠다며 이것저것 계획만 장황하게 세워놓고는 더는 안 되겠다 싶어 옷 정리를 먼저 시작했다. 그런데 예전에 입던 옷들이 하나도 맞지 않는다. 임신과 출산을 반복하고 나서 내 몸은 '바람 빠진 고무풍선'이 되었다. 살이 좀 빠지나 싶으면 얼굴과 가슴만 볼품없어지곤 한다. 그래, 이 정도 배쯤은 아기를 안아서 받침대로 쓰기에 꼭 필요해, 라며 나 스스로 위안을 삼기도 했다. 또 다이어트 따위 할 시간이 어디 있느냐며 핑계를 대보기도 했다.

어린 막둥이와 온종일 함께 집에 있으면서 운동하기엔 시간이 여의치 않다. 잠깐 재워두고 운동 좀 해볼까 하면, 엄마가 옆에 없는 걸 금세 알아채고 **빽빽** 울어대는 녀석! 또 잠깐 운동 좀 해보려고 하면 세탁기가 "띠로로로롱~" 빨래 다 되었으니 얼른 건조대에 널어야 하지 않느냐며 친절히 알려준다. 빨래를 널고 나면 밥 챙겨 먹여야 하고, 그러다 보면 둘째 데리러 갈 시간이 되고, 바쁘다 바빠…… 이 정도면 핑계가 아닌 걸로~!

그래도 둘째가 오면 이제 제법 둘째와 막내가 놀 줄 알아서 잠깐 둘이 놀게 두고 운동을 하기 시작했다. 둘이 잘 노나 싶었는데 한 녀석이 운다.

> 아, 누가 애 좀 봐줬으면 좋겠다.
> 나도 운동해서 날씬했던 예전으로 돌아가고 싶다.
> 아이들을 키우면서 잠깐의 시간도 허락되지 않는다니!

속상해하던 참에 학교를 마치고 돌아온 큰아이가 다음 주부터 여름 방학이라는 청천벽력 같은 한마디를 날린다.

첫째가 방학이라 하면 둘째도 방학이고 이 녀석들과 온종일 집에서 부대껴야 한다는 말이 아닌가! 아침 먹이고 설거지하고 뒤돌아서면 간식 달라고 하고, 또 치우고 나면 집은 온통 개판이 되어 있고, 잠시 막둥이 재우고 나오면 다시 또 점심에 저녁까지 이어지는…… 그 혹독한 방학을 말하는 것 아닌가. 다이어트는 개뿔! 그냥 틈새 시간에 쪽잠이나 좀 자야겠다. 아니 커피 한잔 할 여유나 있으려나 모르겠다.

그래~ 그냥 애들이랑 신나게 놀자~ 다이어트 따위는 애들 더 크면 하는 걸로! 지금 한참 엄마를 필요로 하니, 이때를 충분히 즐기는 걸로!

애들끼리 노는 것 같아서
잠깐 아이스 아메리카노 한잔 하려고 하면
귀신같이 알고 뛰어오는 꼬맹이들.
"엄마도 좀 쉬자, 인마들아!"
아이스 아메리카노가 뜨뜻미지근~
니 맛도 내 맛도 아닌 커피+물이 되고서야
마시게 되는 매일매일.
이때가 또 그리워지겠지만
지금은 넘나 힘든 것!

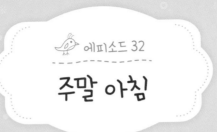

에피소드 32

# 주말 아침

우리 집엔 나름의 규칙이 있다. 평일 밤 9시 반 정도만 되면 무조건 잠자리에 들어야 한다. 물론 잠자리에 든다고 무조건 잠이 드는 것은 아니다. "애들아, 자자!" 말하는 순간 쉬아가 마렵다고 했다가 또 목이 말랐다고 했다가 갑자기 책을 읽고 싶다고도 한다. 그럼 책 딱 한 권만 읽고서 자자고 '딜'을 해보지만 한 권이 두 권 되고, 두 권이 세 권 되고, 그러다 보면 끝도 없이 잠자는 시간이 늦춰진다.

평일에는 그렇게 잠자기 싫어하던 녀석들이니까 금요일만 되면 좀 풀어주는 편이다. 다음 날이 쉬는 날이니 불금을 즐겨보라고 늦게까지 놀라 해도 10시 정도만 되면 두 눈이 꾸뻑꾸뻑 내려앉는다. 소파 구석에서 꼬꾸라져서 한 손에는 블록을 쥐고 다른 한 손에는 카드를 쥔 채 잠든 녀석을 보니 자지 않고 나름의 불금을 즐기겠다는 굳은 의지가 보인달까?

그런데 신기하게도 평일에는 일어나서 학교 가자, 유치원 버스 곧 떠난다고 그렇게 흔들어 깨워도 못 일어나던 녀석들이 주말만 되면 새벽 댓바람부터 일어난다. 대체 왜, 무엇 때문에 이런 걸까?!

그래도 아들내미가 셋인 게 이럴 때는 참 좋다.
셋이서 서로서로 놀아주기 때문에 조금은 버틸 수 있다.

언제나 바람은 바람으로 금세 끝이 나서 문제지만……. 잘 논다 싶던 셋 중 한 녀석이 공격을 시작하고, 또 다른 녀석은 징징 울어대며, 조립된 장난감이 분해가 안 된다며 블록 조각을 떼어 달라고 아빠에게 달려가는 녀석이 있는가 하면 엄마에게 다가와서 슬쩍 자기 손가락으로 엄마 입을 쭈욱 늘여보고 눈도 후비적 후비적 파주는 친절한 녀석들 때문에 주말 아침은 늘 일찍 시작하는 우리 집.

결혼 전에는, 주말이 되면 배가 고플 때까지 이불 속에서 뒹굴

절찬리 육아중

뒹굴했다. 엄마가 그만 일어나서 밥 먹으라고 하면 그제야 일어나서 아점을 먹었는데, 그때가 가끔은 그립기도 하다. 애들아~ 엄마아빠도 주말엔 살짝만 늦잠을 자면 안 될까?

그 마음을 알 리 없는 이 녀석들은 이번엔 배고프다고 밥 달라고 난리다. 알았어. 일어났다, 일어났다고! 어서 밥 먹고, 주말엔 공원이든 키즈카페든 달려가 보는 삼형제 엄마아빠, 우리에게는 주말 특별근무 수당도 없다. 이렇게 열정적으로 놀아준 것을 이 녀석들이, 알랑가 모르겠어요.

평일 아침엔 죽어라 깨워도
못 일어나던 녀석들이
왜 주말엔 그렇게 일찍 일어나는 것일까?
야근은 필수! 연장근무는 항시대기~
주말도 없이 일해야 하는
엄마에게는 특별수당도 없는 거니?

# 에피소드 33

# 결혼하면
# 비로소 보이는 것들

솔직히 말해 결혼 전에는 죽음에 대해 깊이 생각해보지 않았다. 아프겠다, 무섭겠다, 내가 죽으면 엄마아빠가 슬퍼하시겠지, 장례식장엔 어떤 사람이 와줄까 정도로 생각해봤던 것 같다. 그런데 결혼하고 나서 죽음에 대해 생각하면, 단지 내가 죽은 후 장례식장에 누가 오는지 따위가 궁금하지 않았다. 당장 내가 죽고 나서 '내 아이들은 어찌 살아갈 것인지'가 가장 큰 문제이기 때문이다.

어느 날, 우연한 기회로 세미나를 들으러 갔는데 강의하시는 분이 "지금 행복하지 않으세요? 지금 당신이 가진 모든 게 소중한데 행복하지 않으시다면 내가 내일 아니면 곧 죽을 거라는 가정하에 유서를 써보세요."라고 했다.

내가 죽는다면 아직 사춘기인 큰아이의 마음은
누가 보듬어주지?
예민한 둘째 녀석의 칭얼거림을 남편 혼자서 감당할 수 있을까?
아무것도 모르는 막둥이는 엄마가 없으면 잠도 제대로
못 자는데, 내가 죽는다면 우리 애들은 어쩌나?

결국 그런 생각에 유서를 단 한 줄도 쓰지 못했다. 예전, 막둥이를 임신했을 때 지인 남편이 갑자기 죽었다는 소식을 들었다. 내가 다 갑작스럽고 두려웠다. 그때부터 자다가 남편의 코고는 소리가 들리지 않으면 무서워져 자는 사람의 코 밑에 손을 가져다 대보기도 했다. 그만큼 남편은 아이들뿐만 아니라 나에게도 절실한 사람이다. 가끔은 웬수 같은 신랑이어도 내가 아플 때 옆에서 쓰담쓰담 해주는 건 그 사람이고, 아이들 일로 내가 맞네 네가 맞네 싸워도 결국 아이들 일을 같이 해결할 사람도 남편이다.

부와 재력이 아무리 좋다한들 우리 가족 모두가 함께하는 이 순간만 할까 싶다. 그런 의미에서 아침에 주는 영양제 한 사발은 군말 없이 들이켭시다! 그리고 내가 챙겨주기 전에 좀 혼자 챙겨 잡수시면 안 될까요? 으이그, 웬수~!

절찬리 육아중

나의 유서 쓰기를 해보면
지금이 더 소중하게 느껴질 것이라고 해서
시작한 유서 쓰기.
그런데 막상 죽는다고 생각하니
아이들 걱정 때문에
유서 쓰기는 시작도 못해보고 포기했다.
행복이 뭐 대단한 건가.
투닥투닥 싸우기도 하면서 크는 거지.
그렇게 건강한 게 제일이지 싶다.

가지 많은 나무에 바람 잘 날 없다더니

나는 정리는 잘 못하지만 정리된 모습을 좋아한다. 깨끗하게 세탁된 빨래들이 줄 맞춰 정리된 모습을 보면 왠지 모르게 뿌듯하고 신발들이 줄 맞춰 놓여 있으면 그게 또 그렇게 보기 좋다. 우리집은 하루에 1인당 수건 한두 개씩 나오고, 옷도 윗도리 아랫도리 한 벌씩, 아이들 어렸을 땐 두어 벌은 기본이었다. 더 작은 아가들이 있으면 가재수건에 시시때때로 갈아입히는 옷과 지저분해진 이불은 덤이다.

빨래를 돌리고 돌아서면 또 산같이 쌓여 있는 옷가지들, 게다가 빨래를 접어놓고 잠깐 한눈을 팔면 이 녀석들이 우다다다 장난을 치는 바람에 무너지기 일쑤다.

아이들이 노는 것에 있어서 크게 터치를 하지 않는 편이다. 그래서 큰아이와 둘째 녀석은 나뭇가지를 들고 집에 들어와서 활을 만들기도 하고 돌멩이를 주워와서는 보물 모시듯하며 논다. 하나의 과정이려니, 창의력을 키우는 중이려니 하고 마음을 다 잡으며 다 괜찮다 생각한다. 하지만 놀고 나서는 꼭 스스로 알아서 치워야 한다고 교육한다.

그러나 인생이 어디 내 마음대로 된 적이 있던가. 세 녀석은 치우라고 말해도 귓등으로도 안 들을 때가 더 많다. 분명 장난감이 발 디딜 틈도 없이 뿌려져 있는 거실을 깨끗이 치웠음에도, 저녁을 준비하는 사이 다시 난장판이 된 거실을 뒤로하고 아이들 저녁을 먹이기 시작한다. 한 녀석은 젓가락질을 하면서 코가 줄줄 흐르고, 하나는 숟가락을 제대로 잡기 시작한 지 얼마 되지 않아서 음식이 입가로 줄줄 흐르고, 또 하나는 물을 마시는 거니, 바닥에 때려 붓는 거니? 와~ 진짜 6·25 때 난리는 난리도 아닌 밥상 풍경이다. 자연스레 엄마는 식탁 밑으로 들어가서 물티슈를 들고 밥풀 수거를 시작한다. 이걸 고대로 내버려뒀다가 이 녀석들이 밥 먹고 나서 발로 짓이기는 순간 온 집안이 아수라장이 되기 때문이다. 식탁 밑에 들어가서 치우고 있는 나를 보던 막둥이는 "엄마~ 찾았다!"라며 활짝 웃는다. 내가 숨바꼭질하는 줄 아는 모양이다.

절찬리 육아중

그런데 그때, 남편이 퇴근을 해서 들어온다. 집이 어지럽혀져 있다고 잔소리를 하거나 눈치를 주는 사람은 아니다. 늘 그랬다는 듯, 아무렇지 않게 바닥에 뿌려진 장난감을 수거하며 들어온다.

"아니, 아까 분명히 치웠는데 이 녀석들이 또 이렇게 만들었네! 와~ 하하하! 진짜 어찌나 어지럽히는지."

뭐 하나 달라질 것도 없는데, 나도 참, 변명 왜 하는 거지?

하루 세 번, 아니 간식까지 하면
못해도 하루 대여섯 번은
식탁 밑으로 기어 들어가는 것 같다.
막둥아, 엄마 지금
숨기놀이 하는 거 아니여~
식탁 밑에 먹개비 한 마리를 키워야 하나.
뭔 밥을 이르케 흘리는겨~

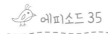

에피소드 35

# 발가락도
# 닮는다더니

어릴 적 나는 때를 심하게 부렸다. 못생겨서 불만이 덕지덕지 붙었다며 '불량 감자'라는 별명도 있었다. 한번 삐치면 동네방네 나 화났으니 건들지 말라고 말하려는 듯이 온종일 입이 대빨로 나와 있는 삐침 대장이기도 했다. 그렇다면 둘째 녀석이 나를 닮은 것일까? 둘째 녀석은 하루에도 열댓 번을 삐치는 것 같다. 가끔은 어떤 포인트에서 삐치는지도 모를 만큼 토라지는 포인트가 너무나 섬세하다. 딸들은 더 잘 삐친다고 하던데, 그나마 아들이라 좀 덜한 건가 싶을 정도다.

근데 나만 닮은 것 같지 않다. 남편도 가만 보면 삐치는 게 덜할 뿐 성격이 워낙 불같은 편인데 막둥이를 보면 가끔 남편의 모습이 슬쩍슬쩍 보인다. 그리고 나는 알레르기 비염이 있어서 슬슬 일교차가 많이 나는 계절이 오면 콧물 때문에 휴지를 달고 살았다. 옷장 정리를 하려고 보면 먼지 때문에 눈물 콧물 범벅이 돼서 참 흉하기 그지없다. 남편도 비염이 있어 환절기가 되면 온 식구가 콧물 줄줄. 그야말로 '안습 패밀리'가 따로 없다. 온 집 안 식구들이 콧물을 줄줄 흘려대고 있다. 이래서 옛 어른들이 '씨 도둑질 못한다'고 말씀하셨나 보다.

날씨가 점점 쌀쌀해지니 일교차가 심하게 나서 밤에 잠잘 때는 꼭 이불을 덮어주는데 도대체가 이 녀석들은 왜 그렇게 발로 이불을 뻥뻥 차는지 모르겠다. 덮어주자마자 발로 차버리니까 좀 짜증이 나서 이젠 차든 말든 안 덮어 준다. 홍! 배가 아파봐야 알지! 쳇!

이불을 덮어주다 말고 괘씸해서 늦게까지 거실에서 TV를 보던 남편한테 쟤들은 누굴 닮아서 저렇게 이불을 뻥뻥 차대는지 모르겠다고 하소연을 했다. 그랬더니 남편은 씩 웃으며 "엄마"라고 했다.

나? 나 정말 잘 때 곤히 자는데? 음. 그러고 보니 잠자고 일어

절찬리 육아중

나면 내 이불이 침대 밑으로 떨어져 있었는데 설마…… 이유가
그래서였나?

나는 여태까지 애들만 이불을 걷어차는 건가 했는데 아니었
나 봐. 그런 것까지 안 닮아도 되는데, 참으로 피는 물보다 진한
가 보다.

어머님은 아이들이 잠결에 이불을 차니
중간중간 일어나서 이불을 덮어줘야
감기에 안 걸린다고 말씀하셨다.
근데, 어차피 이불 덮어 줘봤자
걷어차 버리는 녀석들.
도대체 누굴 닮아 이불을
빵빵 차버리는 건가 싶었는데
아하, 나였구나.
피는 물보다 진하다고 하더니만.

# 세상에서 가장 큰 선물

으아아아아아아~!

　서로 잘 노는가 싶더니 애들 방에서 울음소리가 난다. 또 무
슨 일이지 다급하게 달려가 본다. 너 때문에 다 부서졌다며 장난
감을 들고 닭똥 같은 눈물을 흘리는 둘째 녀석과 어쩔 줄 몰라
하는 막둥이가 보인다. 자초지종을 들어보니 꽤 오랜 시간과 정
성을 들여 만든 블록을 장식장에 올리려는데 막둥이가 지나가
는 바람에 부서져버렸던 것.

　둘째 아이를 다독이자니 막둥이가 조금 억울한 것 같고 그렇
다고 막둥이의 무죄를 이야기하자니 서럽게 울고 있는 둘째 녀
석이 안쓰럽다. 아! 솔로몬의 지혜가 필요하다~!

　둘째에게는 "네가 힘들게 만든 것이 망가져서 속상하겠다. 그

렇지만 희수 솜씨가 워낙 좋으니까 금방 다시 할 수 있을 것 같은데? 엄마가 좀 도와줄게~"라고 도닥도닥 해주었고 침울해하는 막둥이에게는 "희준이가 일부러 막은 게 아닌데 형아가 갑자기 울어버려서 놀랬지? 근데 희준아~ 너도 몇 시간 동안 만든 게 부서지면 속상하잖아! 그러니까 형아가 비켜달라고 하면 바로 비켜주도록 하자!"라고 도닥도닥 해주었다.

솔로몬의 지혜는 개뿔. 이럴 때 보면 나는 참 박쥐 같다는 생각을 한다. 이리 붙었다 저리 붙었다. 어쩌겠어~ 이렇게라도 상황이 종료되었으면 된 거지!

설거지하고 저녁을 준비하고 시간이 얼마나 지났을까? 어디에선가 깔깔 웃는 소리가 들렸다. 뭐지? 뭐 때문에 그러는 거지? 방금 싸운 녀석들이 맞나 싶어서 애들 방으로 가보았다. 두 녀석이 자동차를 가지고 도로매트 위에서 놀고 있었다. "형아~정말 잘한다! 나는 형아랑 노는 게 정말 좋아~"라고 말하는 막둥이와 "남희준, 너 이거 해봐~ 형아가 알려줄게"라며 매너 넘치는 둘째 녀석까지……. 뭐냐, 저 끈끈한 우애는?

한번은 첫째가 비실비실한 둘째 녀석이 걱정이었는지, "누가 너 괴롭히면 형한테 말해! 형아가 다 혼내줄게."라고 말한 적이 있다. 평소 관심도 안 주던 녀석이 자기 동생을 챙기는 모습을 볼 때나 언제 싸웠냐는 듯 서로 다정하게 노는 모습을 볼 때면 얼마나 마음이 든든한지 모른다.

엄마아빠가 너희들에게 남겨줄 수 있는 가장 큰 선물은 바로 형제, 자매, 남매가 아닐까 싶어.

형제가 달리 형제냐 ㅋ
치고 박고 싸워도 언제 싸웠냐는 듯
금방 잊을 수 있고 세상 둘도 없는 사이인걸.
엄마아빠가 제일 잘한 일!
너희에게 형제를 만들어준 거야.
새삼 이뻐 보이는 이 녀석들~^^

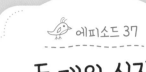

에피소드 37

# 두 개의 심장

방학이면 큰아이는 이제 제법 컸다며 친구들과 나가 놀기 바쁘다. 둘째 녀석과 막둥이는 집 여기저기를 들쑤시며 뭘 그렇게 만들어대는지 여기저기 종이 쪼가리며 풀, 가위, 색종이가 널려 있다. 재료가 떨어졌는지 뭐가 어딨느냐 뭐가 어딨느냐 물어보길래 엄마 책상 서랍을 보라고 이야기했더니만 서랍을 열었다 닫았다를 반복한다. '또 못 찾는 건가?' 잠시 소리가 잠잠해지더니 둘째 녀석이 쪼르르 달려와 내게 보여준 건 다름 아닌 막둥이 산모 수첩이었다.

막둥이는 산모 수첩을 보고 궁금한 게 많았는지 이것저것 내게 물어보기 시작한다. 이게 희준이 아기 수첩이냐고 물어보는 둘째 녀석에게 엄마 배 속에 있을 때 그 안을 볼 수 있는 기계로 사진 찍어놓은 거라고 이야기해주었다. 사진 이야기를 하니 초음파 사진을 뒤적이는 녀석들. 사진을 가만 들여다보더니 태동 그래프를 가리키며 이게 심장 소리를 적어놓은 거냐고 물었다.

"너희들이 엄마 배 속에 있을 때 엄마 배에 초음파 기계를 대보면 쿵쾅쿵쾅 소리가 나거든. 그걸 나타내는 거야."라고 설명을 해주니 둘째 녀석이 "아~ 그럼 이때 엄마는 심장이 두 개였겠네요?"라고 물었다.

심장이 두 개라니 어떻게 그런 생각을 했지?

그래, 엄마는 심장이 두 개였다. 너희들은 엄마의 또 다른 심장이니까.

산모 수첩을 보면서 자기들 낳을 때 엄마 아팠느냐고, 배 속에서 자기들은 어땠느냐고, 궁금한 게 참 많은 질문쟁이들! 처음 병원에서 너희들을 봤을 때 젤리곰같이 생겼다는 이야기, 첫째는 콩알 모양이어서 태명이 '콩이'였다는 이야기, 엄마 배 속에서 축구를 하는 건지 발로 빵빵거리며 하도 배를 차서 엄마 배꼽이 못생겨졌다는 이야기, 셋 다 눈 오는 날 나오기로 약속했는지 큰형아도 둘째 형아도 막둥이도 모두 눈이 내리는 날 엄마

아빠를 만나러 왔다는 이야기도 해주었다. 큰아이 때는 입덧으로 생선과 수박을 싫어했고 유독 김치만 엄청 먹었는데 큰아이가 꼬꼬마 때부터 김치를 그렇게 잘 먹었다. 둘째 임신 때는 생선을 엄청 잘 먹었던 기억, 셋째 녀석은 생전 찾지도 않던 토마토가 먹고 싶어서 식구들 모두 딸인 줄 오해했던 기억까지……. 힘들기도 했지만 산모 수첩을 보니 울 꼬맹이들 배 속에 있었을 때가 새록새록 떠올랐다.

아이들이 배 속에 있을 때 써놨던 일기들에는 어떤 아이인지 그저 건강하게만 태어나라는 수많은 걱정들과 기대가 한가득이었다. 그랬던 녀석들이 자기 낳을 때 아팠느냐고 물어보고 있으니 그 시간들이 있어서 지금이 더 값진 거겠지 싶었다.

갑자기 막둥이가 안기더니만 내 배를 조몰락거리면서
자기가 여기에서 살았기 때문에 엄마 배가 좋은 거라며
나중에 커서 엄마랑 결혼할 거란다.
그러자 둘째는 돈을 많이 벌어서 엄마가 좋아하는 거
많이 사줄 거라며 느닷없이 둘이 고백 대결을 하기 시작했다.

엄마한테 돈 많이 벌어서 좋은 거 안 사줘도 되고, 엄마랑 계속 같이 안 살아도 되니까 지금처럼 엄마아빠의 또 다른 심장 원, 투, 쓰리 이 녀석들, 건강하고 바르게만 자라주었으면 하는 게 엄마의 소원이다.

산모 수첩을 보더니
우리 낳느라고 엄마 엄청 아팠겠다며,
그래서 엄마가 좋은 거였었구나~ 라며,
뜬금없이 고백까지!?ㅋ
배 속에 있을 때도 지금도
엄마랑 여전히 같이 뛰는 너희들 심장.
장난꾸러기여도 괜찮으니까
건강하고 바르게 자라자!

가지 많은 나무에 바람 잘 날 없다더니

에피소드 38

# 오랜만의 외출

온종일 애들 뒤치다꺼리하면서 집에서 퍼질러져 있다가 오랜만에 잡힌 약속에 얼굴에 쿠션 파운데이션이라도 찍어 바르고 입술에 립글로스를 바르고 아가씨 때는 상상조차 못할 초간단 메이크업을 하고서 외출을 준비한다. 어떤 옷을 입던 마무리는 아기띠일지라도 오랜만에 약속으로 들떠서 약속 장소로 간다. 먹을 것을 주문한 다음 마침 밥을 먹으려는 순간 아기띠에 혹은 유모차에 잠자고 있던 꼬맹이가 깬다. 애를 들쳐 업고 어르고 달래도 좀처럼 울음을 그칠 줄 모른다. 아기띠에 아이를 넣고 왔다 갔다 해보지만 아이는 계속 칭얼거린다. 자리에 함께한 지인이 아이를 안아주고 달래보려고 해도 잠에서 깬 아이는 더 크게 울어댄다.

배가 고픈 것도 아니고 기저귀를 봐도 멀쩡한데 왜 그러는 거니? 아무래도 주변에 눈치가 보여 접시에 있던 밥을 물 마시듯 입 안에 때려 넣고 식당을 나와야 했던 그 순간들. 아마도 그런 사람들을 보며 애 울렸다고, 시끄럽게 했다고, 눈치 주는 사람들이 있겠지?

아가씨 때는 저렇게 힘들 거면서 굳이 왜 외출을 하는지 이해 못 했다. 하지만 이젠 안다. 애엄마 패션의 완성은 아기띠일지라도, 밥이 입으로 들어가는지 코로 들어가는지 모르게 후다닥 먹을지라도, 집 밖으로 나오고 싶었던 그 맘을.

옆 테이블에서 어떤 젊은 남자들이 구시렁대는 소리가 들려온다. 남편들은 회사에 가서 뼈 빠지게 일하는데 아줌마들은 이렇게 팔자 좋게 외식하고 다닌다는 이야기였다. 어휴, 댁들한테 도와달라고 안 했으니 한심하게는 바라보지 말아달라고 말하고 싶다.

이 아저씨들아! 몇 달 만에 나온 외식이라고!
밥 때려 넣는 거 못 봤니? 모르면 말을 말아!

절찬리 육아중

아기띠로 업은 채로 먹었던 밥.
우는 애 때문에 불어 터져버린 면.
가끔 외식이라도 하려 하면
저지레하는 녀석들 때문에
정신없고 눈치 보여
밥이 코로 들어가는지
입으로 들어가는지 모르겠던
그때를 알기에 더 짠하다.

가지 많은 나무에 바람 잘 날 없다더니

# 4장

# 엄마는
# 아이와 함께 자란다

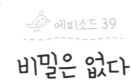

# 비밀은 없다

첫째 어렸을 적 시댁에 살 때 있었던 일이다. 아래층에 시가 친척들이 오셨고 큰아이가 먼저 맞이하러 아래로 뛰어 내려갔다. 어머님은 큰아이에게 엄마는 왜 안 내려오느냐고 물었고 이제 말 좀 조리 있게 할 줄 아는 네다섯 살 된 꼬마였던 큰아이는 시가 친척들이 모두 계시는 자리에서 또박또박 이야기했다.

"엄마는 지금 기저귀 같아요."

자기 먼저 내려간다고 말하려고 화장실 문을 벌컥 열었을 때, 마침 내가 생리대를 꺼내는 시점이었던 것을 기억했던 거다. 그러고는 엄마가 뭐하는지 조곤조곤 말했던 거겠지. 하필 딱, 그 순간 내가 내려갔고 그 어색함이란……

여자아이들은 다르려나? 남자아이들은 정말

분가를 하고 오랜만에 할머니댁에 갔던 큰아이는 할머니가 국수를 해준다는 말에 너무 좋아하면서 "와~ 엄마가 국수 한 번도 안 해주던데, 신난다!"라고 대놓고 나를 무안하게 만들기도 했고 정말 오랜만에 햄버거를 먹었던 이야기를 하면서 "할머니, 우리 햄버거 먹었어요~!"라고 이야기한다. 어머님은 분가한 며느리가 아들과 손주에게 국수도 한번 안 해주고 햄버거나 먹이는 줄 아시진 않겠지? 하…….

그뿐이 아니다. 둘째 녀석 어린이집 하원할 때 버스에서 내려서는 선생님이 인사를 하면서 둘째 녀석이 오늘 어린이집에서 응가를 했는데 정말 시원하게 잘 봤다고 칭찬해주었다. 평상시 흔한 어린이집 선생님과 엄마의 대화였는데, 옆에서 가만히 바라보던 둘째가 한마디 한다.

"선생님, 우리 엄마도 응가 예쁘게 잘해요."

내 얼굴은 화끈거리고 선생님은 웃음을 억지로 참고 계시는지 황급히 인사를 했다. 뒤돌아 계셨지만 웃음이 터졌는지 선생님의 어깨가 계속 들썩거렸다.

아들들아~ 제발 말해야 할 것과 아닌 것 좀 구분해줄래? 그리고 중간 싹둑 자르면서 끝만 이야기하지 말고! 좀!!

애들 앞에선 찬물도 제대로 못 마신다고 했던가!
도대체가 비밀이 없는 녀석들.
앞으로 진짜 화장실 문 닫고 쌀 거다.
문 두드리지 마라!
아들들아, 엄마도 화장실에서
엄마만의 시간을 가지고 싶다.
엄마도 부끄러움을 아는 여자라고~!

# 그 어느 때보다
# 화려한 경력

큰아이가 초등학교를 다니기 시작하면서 유치원 때랑 또 다른 엄마들의 활동이 생겼다. 아침 시간 아이들의 등교를 안전하게 지켜주는 녹색어머니회와 아이들 하교 시간 안전을 책임지는 학부모 폴리스다. 큰아이 학교의 녹색어머니회는 모든 학부모들이 필수로 참여하는 것을 원칙으로 했고 학부모폴리스의 경우 지원하시는 학부모만 반별로 돌아가면서 서게끔 되어 있다. 물론 지금은 녹색어머니회와 학부모폴리스 모두 전교생의 학부모가 필수로 참여하는 것으로 바뀌었지만 아마도 학교마다 어느 정도 시스템은 다를 것이다. 그땐 둘째와 셋째가 어렸기 때문에 학부모폴리스는 활동하지 못했지만 녹색어머니회는 꾸준히 활동을 해왔다. 일 년에 한 번, 내 아이가 학교 가는 횡단보도에서 초록 깃발을 흩날리고 있노라면 내심 뿌듯하기도 했다.

사실 녹색어머니 활동을 하려면 아침부터 무척이나 분주하다. 아이들은 평상시보다 좀 더 일찍 깨워야 하고 부랴부랴 준비를 시켜놓고 동생들을 좀 더 이른 시간에 어린이집이나 유치원에 맡겨놓은 뒤 나가야 한다. 운이 좋을 땐 남편에게 출근을 좀 더 늦게 해달라고 부탁했다. 그런 날에는 조금 더 순조로웠다.

녹색어머니회 말고도 유치원에서도 엄마들이 활동을 해달라고 요청이 오는 경우도 많다. 큰아이와 둘째, 막둥이까지 활동 하나씩만 해도 한 달이 정말 바쁘게 지나간다. 사실 나는 여러 사람들과 북적이면서 활동하는 것에 그다지 적극적이지 않은 사람이었다. 예전에 회사에 다닐 때도 많은 사람을 상대하기보다 프로그래머들과 디자인팀, 몇몇의 소수 인원하고만 의견 조율을 했다. 나머지 시간에는 스스로 창작 활동을 하면 되었다.

수많은 엄마들을 만나고 그 안에서 얽히고설킨 엄마들과
아이들의 관계, 또 유치원과 학교생활 등 어느 때보다
내 인생에서 가장 열정적으로 사는 게 아닌가 싶다.

절찬리 육아중

결혼 전에는 나라는 사람 혼자밖에 몰랐고 주변을 둘러보며 챙기는 것도 부족했다. 그때는 내 일만이 우선이었다면 결혼하고 아이를 낳고 보니 백팔십도 달라졌다. 한 아이가 넘어지는 것을 체크하면서 다른 아이 기저귀를 갈아야 하고 그와 동시에 주방에서 이유식이 냄비에서 넘쳐흐르나 확인해야 하는 멀티플레이 훈련을 수도 없이 해왔으니 결혼한 지금은 뭐라도 다 할 수 있을 것 같다. 그럼에도 불구하고 회사를 퇴직함과 동시에 이력서에 한 줄이라도 추가할 경력으로 인정받지 못하는 지금이 가끔은 답답하다.

다니던 회사를 관두고
집에서 애를 보려니 자연스레
'경단맘'이 되어버렸다.
그런데 경력단절이라고 하기에
그 어떤 때보다 더 열심히 살고 있지 않나
하는 생각이 들다가도,
또 가끔은 이런 거 하려고
학교 다닌 건가 싶을 때가 있다.

# 워킹맘 VS 전업맘

아이 하나 키우는 것도 버거운 세상에 아이 셋을 키운다고 하면 다들 '와! 집이 경제적으로 부유하신가 보네요?' '물려받을 재산 이 많은 건가?' 다양한 추측을 농담 반 진담 반 건넨다. 그러나 안타깝게도 시댁, 친정 모두 부유하지 않고 우리 가족 또한 경제 적으로 여유롭지 않다. 분윳값을 아껴보고자 모유 수유를 하고, 전기와 도시가스 요금은 다자녀 할인을 받는다고 해도 사실 아 이들 셋 앞으로 나가는 비용은 생각보다 어마어마하다. 아이들 을 어느 정도 키워놓으신 분들은 애들보다 너희들 노후 걱정을 하라고 하시고, 지금 아이를 키우는 분들은 그래도 애들 배워야 할 때 마음껏 가르쳐야 하지 않겠느냐고 하신다. 아이 셋을 양 육하면서 외벌이로는 힘들 것 같아서 한번은 남편에게 나도 직 장을 다니겠다고 했다. 그때 남편이 되물었다.

"그럼 쟤들은 어떻게 해? 내가 더 열심히 벌어볼게."

나도 안다. 어린이집을 보내서 종일반으로 돌리고 큰아이는 초등학교를 보내서 돌봄교실까지 다녀오게 하면 이렇든 저렇든 해결이 되겠지.

그런데 단기 방학에 시시때때로 아이들이 아프면 그때마다 휴가를 맘 편히 쓸 수도 없음을 더 잘 알기에 선뜻 여기저기 이력서를 내보지도 못했다. 시댁, 친정 어느 한 군데 비빌 곳도 없고 돌봄 이모를 생각해봐도 전적으로 믿고 맡길 수 있을지 걱정이고, 비용적인 면에서도 수지 타산이 맞을 것 같지 않았다.

일을 하고 싶은 까닭 가운데 경제적인 이유도 있겠지만
아이를 키우면서 점점 도태되어가는 듯한 같은 느낌과
이대로 애들과 신랑 바라기로만 살아갈까 봐 덜컥 겁이 났다.

남편도 늦고 애들도 학교 다니고 사회생활 하면 나는 맨날 애들과 신랑을 기다리는 집순이가 되어버릴까 봐, 그런 경력단절 엄마가 되는 게 싫어서이기도 하다. 이래저래 마음을 못 잡고 있을 때 친정 엄마가 한 말씀이 떠올랐다. 엄마아빠는 돈을 벌기 위해 할아버지, 할머니께 어린 우리 남매들을 맡기고 인천으로 오셨다. 한창 엄마가 필요한 시기에 아이들을 놓고 일하러 올라오면서 얼마나 미안하던지 그날이 아직도 꿈에 생생하게 나타난다고 하셨다. 그런 이야기를 하시면서 엄마는 눈물을 글썽이곤 하셨다. 너희들이 지금 너무 힘든 게 아니라면 아이들 곁에 있어주라는 말씀도 보태셨다.

그래, 이 녀석들이 내 손을 필요로 하는 시간이
길지 않을 거야. 조금만 더 내 아이들 곁에 있어주고
나중에 할 일을 지금부터 준비해보자!

 지난날 빠듯한 살림에 오 남매 집에 놔두고
일 나가셨던 게 그렇게 미안하셨던지,
한참 엄마가 필요할 나이인
아이들 곁을 지켜주는 것만큼
값진 일은 없다고 말하는 친정 엄마.
눈물이 그렁그렁하셨다.

# 공개수업

애들이 셋 정도 되면 둘째들은 다 그렇게 성격이 비슷한 걸까? 내가 들은 둘째들만 해도 다들 성격이 비슷비슷하다. 첫째와 막내는 좀 눈치가 빠르고 약은 면이 있다면 둘째는 소심하고 섬세하고 눈물이 많고, 참으로 여리다. 큰아이의 초등학교 입학 통지서를 받던 날도 가슴이 두근거리더니 이놈의 심장은 고장이 났나, 둘째의 입학 통지서를 받고선 생각이 더 많아졌다. 활발한 큰아이와 다르게 소심한 이 녀석을 위해 엄마가 학교에 자주 가 주어야 하는 것인가? 과연 이 녀석은 어떤 선생님을 만날 것이며, 어떤 친구들을 만날지, 친구들하고 잘은 지낼 수 있을지 고민은 끝이 없었다.

그런데 생각해보니 큰아이가 활발하다고 해서 이러한 걱정을 안 했던 것 아니었다. 그냥, 엄마는 걱정쟁이인가 보다. 둘째는 첫째보다 한글을 늦게 깨쳤다. 물론 여섯 살 후반부터 일곱 살 초반에 떼긴 했지만, 큰아이가 너무 이르게 떼는 바람에 아이들이 그때가 되면 다 한글을 깨치는구나 싶었는데 큰아이가 특히 더 빠른 편이었음을 둘째를 보고 알았다. 아니, 셋째는 둘째보다 더 늦은 편이었다. 그래도 학교생활하는 데 아무런 지장이 없다. 가끔 한글 못 떼서 걱정하는 엄마들을 보면 나는 학교 들어가기 전까지만 익히면 되니까 너무 조급해하지 말라고 이야기해준다. 큰아이 초등학교 1학년 때 담임 선생님도 그런 말씀을 하셨다. 1학년 입학할 때 한문 몇 급 시험을 본다는 등 그런 거 하지 말고 그냥 한글을 깨우치고 숫자 개념만 좀 알아온다면 크게 무리 없다고 말이다. 엄마들이 문제지 애들은 다 알아서 하는 거였다. 눈물이 많고 소심하지만 자분자분한 성격으로 이것저것 세심하게 잘 챙기는 녀석이니, 둘째 녀석도 잘해 나가겠지?

엄마가 쫓아가서 챙겨줄 수 없는 곳이니 그저 아이를 믿어보는 수밖에 없다. 큰아이 때 한번 겪어봤어도 1학년 아이를 둔 엄마는 어쩔 수 없는 1학년 병아리 초보 엄마다. 그러니까 울 아들 파이팅! 엄마인 나도 파이팅!

학부모 공개수업 하는 날
집에서도 봤던 엄마이거늘
손인사만 몇 번째인지.
그렇게 엄마가 반가웠나 보다.
나 잘하고 있다고,
나 여기 있다고.
엄마가 오지 않은 아이들은
계속 두리번두리번하는 걸 보니
어찌 안 오겠니!

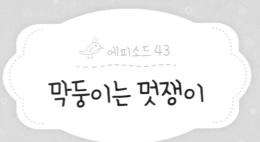

에피소드 43

# 막둥이는 멋쟁이

나는 패션에 그다지 유난스럽지 않은 사람이다. 아니, 나 스스로는 사실 엄청 신경 쓰고 있지만 사람들은 나를 보고 참 털털하게 옷을 입는다고 한다. 그런 엄마 덕분인지 우리 아이들도 패션 무식 유전자를 타고난 것 같다. 중학생이 된 큰아이는 한창 멋부리는 것을 좋아할 시기라 얼마 전엔 나더러 슬랙스를 사달라고 하더니 슬랙스는 복숭아뼈 위까지 와야 한단다. 흰 양말을 검정 양말로 만드는 재주가 있는 녀석이 흰 양말을 신어야 한다고 한다. 아니, 지금이 무슨 쌍팔년도랍니까 아드님아!

둘째 녀석은 캐릭터가 그려져 있는 옷은 질색팔색 한다. 흔히 유행하는 파워레인저, 포켓몬스터 같은 것이 그려진 운동화나 티셔츠를 애가 너무 싫어하니 사준 적이 없다. 오로지 검정, 네이비, 회색, 흰색만 고집하는 무채색파 둘째.

그런데, 그런 두 형님들을 넘어서는 분이 있었으니, 바로 막둥이다. 그냥 패션에 대한 지론이 있으신 건지 아니면 귀찮아서 아무거나 잡히는 대로 입는 건지 좀 의심스러운 녀석이다.

어떤 날엔 빨강 티셔츠에 빨강 바지, 빨간색 신발을 신고 가야한다며 옷장을 다 후벼 파더니 또 어느 날엔 동네 벼룩시장에서 5천 원 주고 산 선글라스를 찾아 쓰더니만 후드 점퍼를 입고 눈코입만 보이게 후드 입구를 바짝 당긴다. 그리고 초록색 신발하고 완전 반대색인 발목까지 올라오는 빨간색 양말을 꺼내 신고는 씩씩하게 등원을 한다. 선글라스 좀 벗으면 안 되냐고 물어봐도 절대로 허락하지 않은 막둥이는 패션 피플인가 보다.

아침 유치원 등원길에 만나는 패션 피플들은 정말이지 나는 이해가 가지 않으리만큼 화려하다. 목걸이며 반지, 귀걸이까지 치렁치렁 달고 나온 아이가 있는가 하면 체육 활동이 있는지 운동복을 입었음에도 반짝반짝 핑크 구두를 포기 않은 센스를 보이는 아이도 있고, 엘사 공주님도 여럿 보였다.

그 패션 피플 꼬마들 옆에 난감한 표정을 짓고 서 있는 엄마들. 서로의 아이를 보며 피식 웃음을 짓는 건 아마도 아침 시간 피 터지게 설득했을 서로를 위로하는 것일 거다.

절찬리 육아중

그거 다 사진으로 남겨놓자고요! 나중에 커서
엄마 왜 나한테 이렇게 입혀서 유치원 보냈냐고 따지면
네가 스스로 그렇게 입었다며 좀 부끄러워하라고 말이죠!

선글라스에, 후드는 얼굴까지 꽉 조여 입고
초록 크록스에 발목 긴 빨간 양말을 신고
유치원 등원하시는 막둥이님.
그래 네가 만족하면 그만이지!
등원길에 마주친 여자아이는
드레스에 주얼리가 아주 주렁주렁이네.
너만의 소신 있는 패션 철학, 진심 멋지다.
근데, 너희는 괜찮은데
왜 엄마들만 얼굴이 붉어지는 거니?

# 애데렐라 스타일

학교 다닐 때부터 결혼하기 전까지, 나는 머리를 한 번도 어깨 아래로 길어본 적이 없었다. 약간 곱슬이기도 했지만 긴 머리가 별로 어울리지 않았던 것 같다. 그런데 임신을 했을 때, 염색이나 펌을 하면 배 속 아이에게 좋지 않을까 봐 미용실에 한동안 못 갔다. 아이가 태어나서는 수유하느라, 혹시 나쁜 영향을 줄까 무서워서 미용실이란 곳을 안 가게 된 것 같다. 그러다 보니 자연 스럽게 똥머리 대열에 합류하게 되었다. 첫째를 낳고 나서 회사 를 다닐 때는 커트를 하기도 했지만 둘째를 임신하면서부터 셋 째 때까지 역시 쭉~ 똥머리를 유지했다.

엄마들이 똥머리를 하는 것에는 나름의 큰 이유가 있다.

아이들과 함께 있다 보면 치렁치렁한것 보다 하나로 질끈 묶어버리는 게 편하다. 똥머리는 미용실을 자주 가지 않아도 되고, 드라이나 고대기로 스타일링을 하지 않아도 되며 염색이나 펌을 할 필요도 없다.

막둥이가 유치원에 다니게 되면서 그나마 2시까지 약간의 시간이 나기 시작할 무렵, 계속되는 똥머리 때문인지 두피가 너무 당겨서 스타일을 바꿀 겸 정말 오랜만에 미용실에 갔다. 헤어디자이너의 권유에 넘어가 펌을 할까 염색을 할까 고민하다가 아이 하원까지 내게 주어진 시간이 얼마 남지 않았음에 정신이 번쩍! 어차피 묶고 다닐 거니까 묶이는 길이로 최대한 빨리 끝나는 걸로 해달라고 주문했다. 머리 자르는 내내 시계 초침에 마음이 다급해지는 것이 열두 시 땡 치면 드레스가 누더기로 변하고 멋진 마차가 호박으로 변하는 신데렐라 마음을 조금은 알 것 같았다.

언젠가는 여유롭게 영화도 보고 머리도 하면서 여유를 느껴볼 날이 오긴 오겠지. 비록 길이 다듬기만 했지만 그것도 어디냐며, 애들이 더 많이 어렸을 땐 이런 호사조차도 누릴 수 없었다며 위로해본다.

오늘도 씩씩하게 아이들 하원하는 시간에 맞춰
집으로 달려가는 우리는 나름 스타일리시한 애데렐라 엄마다.

벼르고 벼르다 오랜만에 미용실에 와서
주문하는 헤어스타일 하고는….
묶어야 하는 길이에
드라이로 머리 말릴 때 관리가 편하고
컷, 염색, 펌 뭘 하든
아이들 집에 오기 전까지
최대한 빨리 끝내야 하는
그런 '애데렐라 스타일'로 부탁해요?!

# 생신 선물
# 수거해요

각자 방에서 놀고 있는 아이들을 불러 모았다.

"애들아, 10월 12일이 무슨 날이게?"

엄마의 질문에 서로를 번갈아가며 쳐다보는 녀석들. 역시나 제일 먼저 큰아이가 대답을 했다.

"엄마 생신이요."

그제야 생각이 난 듯 둘째도 손뼉을 치며 알고 있었다고 대답을 한다. 나는 아이들 생일마다 생일상을 차려주고 선물을 해준다.

부모로서 당연한 일이고, 그래서 부모도 생일상을
받아야 한다고 생각한다.
남자들은 태생이 그런 건지 아니면 그냥 쿨한 건지
일일이 말을 해주지 않으면 모른다.

특히 어려서부터 엄마가 조기교육을 해줘야 하는 부분이라고 생각한다. 나는 콩나물을 다듬을 때면 애들을 불러 모아서 콩나물을 한두 개라도 다듬길 권해본다. 칭찬도 받아본 놈이 할 줄 안다고 했다. 엄마 생신에 마음만 선물하는 건 구시대적인 발상이고 엄마는 물질적인 걸 좋아하는 사람이라며 지금부터 얼마 후 엄마가 생신 축하 편지를 수거하겠다고 했더니 큰아이, 둘째, 셋째 모두 갑자기 분주해졌다.

큰아이는 최근에 일본 만화를 열심히 봤다. 그 덕분인지 편지를 영어나 일본어로 써도 되는지 물어본다. 어허! 왜 이러지~ 당연히 가능하지~! 엄마가 어찌 해석을 해야 하는 건지 걱정이 앞서지만 일단 오케이 했다. 둘째가 쭈뼛쭈뼛 오더니 블록으로 하트 만들어서 줘도 되는지 물어본다. 그것도 오케이! 그런데 생신 축하한다는 글은 있어야 하지 않겠냐고 했더니 알겠다며 급하게 자리를 뜬다. 형아들이 뭔가 썼다 지웠다를 반복하고 만드느라 이리저리 분주하니 덩달아 막둥이도 신이 났다. 얼마나 지났을까, 둘째는 블록으로 하트 액자를 만들어서 그 안에 '엄마, 생신 축하해요' 메시지까지 붙여주었다. 막둥이가 스케치북을 뜯어서 만든 편지 봉투에는 하트와 함께 '엄마 사랑해요'라고 써 있다.

절찬리 육아중

글자를 다 모르는데 아마도 둘째가 도와준 것 같다. 그리고 편지 봉투 안에는 그림이 있는데, 엄마아빠와 자기만 그려놓고 하트를 넣었다. 얜 왜 형들을 안 그리는 걸까? 한번은 궁금해서 물었더니 가족이 많아서 다 그리려면 힘들다고 한다. 못 살아…….

큰아이는 스케치북 한 장을 찢어서 일본말로 빼곡하게 쓴 편지를 꼬깃꼬깃 접어 부끄럽게 엄마에게 건넨다. 애니메이션 맨날 보는 거 내버려뒀는데, 그래도 꽁으로 본 건 아닌갑네?

홋. 어떨 때는 진짜 뒤통수도 보기 싫게 밉지만 이렇게 엄마 생신 축하한다며 손수 편지를 써오는 걸 보니 오늘따라 이 녀석들 왜 이렇게 사랑스럽지? 아주 그냥 뽀뽀 한바가지 해줘야겠다.

 내 밥은 내가 챙겨 먹어야지!
어릴 적 버릇은 커서까지 간다고 했던가.
이렇게 버릇 들이면
커서도 엄마 생신엔
그냥 넘어가면 안 되는 줄 알겠지 뭐.
근데 너무 엎드려 절 받기 아니니?

# 말꼬리의 꼬리

둘째 아이와 막둥이가 태권도 학원을 다녀오면 두 녀석이 함께 놀이터에서 한 시간가량 놀고 들어온다. 혼자면 못 보낼 것을 둘이라 안심하고 보내는 편인데 아무래도 신경이 쓰여 베란다 문을 활짝 열어놓고 놀이터에서 들려오는 소리에 귀 기울이다 한 번씩 내다본다. 그런데 이 녀석이 미끄럼틀 위에 올라가 있는 게 아닌가! 황급히 베란다에 가서 빨리 내려오라고 큰 소리로 외쳤더니 그 소리를 듣고 내려온다. 무슨 남자애들은 본능인가? 왜 높은 곳만 보이면 그렇게 끊임없이 올라가고 매달리는지 모르겠다.

　꼬질꼬질해진 모습으로 집에 들어온 녀석들을 바로 화장실로 보냈다. 둘째는 혼자 샤워를 끝내고 나왔고 막둥이를 샤워시키며 "미끄럼틀 위에 개구리처럼 대롱대롱 매달려 있는 건 위험해."라고 했더니 "개구리 아니라 코알라예요."라고 말한다. 여기

서 끊고 바로 뭐라고 하면 안 될 것 같아서 일단 한 번은 넘어가
준다.

"응? 왜 코알라야?"

"코알라는 나무에 매달려 자니까요."

안 돼! 막둥이의 페이스에 넘어가면 안 된다.

"그래, 그러니까 코알라처럼 오래 매달려 있으면 위험해."라고

했더니 또 말꼬리를 잡는다.

"오래 안 매달렸고 잠깐 매달려 있었어요."


엄마가 보기엔 오래 매달려 있던데 이상하다고 했더니 자기
가 매달리자마자 엄마가 본 거라고 말하며 끝까지 당당하다. 어
이가 없어서, 미끄럼틀 위에 잠깐이든 오래든 암튼 매달려 있는
건 위험하다고 했더니만 갑자기 뜬금없이 "그래서 엄마는 내가
싫어요?"라고 묻는 녀석. 막둥이는 꼭 뭔 소리만 하면 끝에 저런
질문을 한다. 너무너무 좋아서 너무 사랑해서 그래서 걱정되어
그러는 거라고 이야기를 매번 해줘도 이 녀석을 이길 수가 없다.
말하려는 취지는 이게 아닌데 이 꼬맹이랑 이야기를 하다 보면

점점 이야기가 산으로 가는 느낌이 든다. 점점 레벨업을 하게 될 말빨을 어찌하면 좋으려나~

 말 배운 지 몇 년 안 된 일곱 살짜리 꼬맹이에게
말발 달리는 서른여덟 엄마는
오늘도 이야기가 산으로 가는 걸 느끼고
인내심이 바닥나는 걸 느낀다.
말하다가 꼭 자기 사랑 안 하냐고,
싫은 거냐고 확인하는 너.
나랑 밀당 하냐?
이놈아~ 누가 너 싫댔냐고~
너 좋은데, 그건 아니라고~ㅋ

사람들이 나를 보면 아들 셋이 있는 엄마 같지 않게 자분자분 참 조용하다고 한다. 아마도 나를 잘못 봤거나 내가 연기를 잘한 것이던가 둘 중 하나일 것이다. 또 하나가 '애를 엄청 좋아하시나 봐요'인데, 사실 나는 애를 엄청 싫어하는 사람 중 하나였다. 내 몸 편한 게 제일이었던 사람이고, 명절 때 큰집인 우리집에 오는 사촌꼬마들이 내 물건을 만지면 그게 그렇게 싫었다.

그런데 나이가 들어서 사람이 변하는 건지 아니면 애를 낳아서 변한 건지 지금은 조금 변한 것 같다.

아이들을 낳자마자 모성애가 뿜뿜 솟아 나오는 사람들도 많겠지만 나 같은 경우엔 사실 무서웠다. 그래서 첫애를 낳은 첫날, 병실에서 잠을 못 잤다. 극심한 진통을 겪고 자연 분만을 했으면 12시간 진통에 떡실신을 하고 잠이 들어야 하는 게 정상인데 출산 후에도 쭈글쭈글 불러 있는 배를 보며 돌아오지 않는 내 몸매에 실망할 대로 실망해서 잠을 이룰 수 없었다.

분만 후 서서히 찾아오는 훗배앓이 때문에도 잠을 청하기 힘들었다. 아직 나조차도 사람이 덜된 것 같은데 이런 내가 한 아이를 책임져야 하는 엄마가 되었다는 사실 때문에 더더욱 무서웠다. 출산을 하고 망가진 몸을 회복하기도 전에 아이와 함께하는 수유 리사이클과 더불어 말 못하는 갓난쟁이와 사투를 계속해야 하기 때문에 가끔은 임신 우울증에 걸렸다는 사람들이 이해가 갔다.

먹을 자유, 잠잘 자유, 씻을 자유, 외출의 자유까지 보장되지 않고 거기다 수유하는 자세 때문에 목, 허리, 팔목이 다 고장 나서 정신적·육체적으로 힘든 시기를 모성애라는 이름만으로 이해하고 덮기엔 무리가 아닐까.

그런데 모유 수유 때문에 젖이 안 나와
밤새 아이를 끌어안고 잠 못 자면서 쭈쭈를 먹이다가
허리 아프고 목이 아파 뻐근해 미쳐버리겠다가도
오물오물 쭈쭈를 빨다가 눈이 마주친 아이가

절찬리 육아중

나를 보고 씨익 웃어줄 때,

잠을 안 자서 아기띠를 메고 수많은 밤

거실을 서성이다가도 엄마 가슴팍에 갓난쟁이의

빵빵한 두 볼을 부비부비 하면서 하품을 할 때,

옹알옹알 말도 잘 못하던 녀석이

제일 먼저 말한 단어가 "엄마"일 때,

모성애라는 녀석이 가슴속 깊은 곳에서 몽글하게 샘솟는 게
아닌가 싶다.

 모성애는 애를 낳았다고
뿜뿜 생겨나는 게 아닌 것 같다.
엄마도 사람인데 몇십 년간 계속되는
아이 키우는 이 힘든 일을
어찌 모성애로만 감내할 수 있을까.
단지 내 배 아파 낳은 이 녀석들과
싸우고 이뻐하다 보니 정이 드는 것은 아닐까?

엄마는 아이와 함께 자란다

# 게으른 육아

난 육아서를 쓰는 사람이 아니다. 블로그에 끼적끼적 우리 세 아들들과 함께한 일상을 애들 재우고 난 밤에 혼자 낄낄거리며 또는 혼자 훌쩍거리며 그림일기로 남겨보는 평범한 애엄마다. 그 냥 내가 이러하였다 경험을 쓰는 것일 뿐이다.

　육아서라고 하면 전문 분야 쪽에 배움이 깊은 사람들이 많은 연구 끝에 이런 건 이러하다라고 내는 것이겠지. 아이들을 키우면서 수도 없는 육아서를 읽어보았다. 하지만 육아서를 적극 추천하진 않는다. 육아서를 읽고 나면 좀 기운이 빠진다고 해야 하나? 물론 그 안에서 내가 취할 것은 취하고 버릴 것은 버릴 수 있는 사람이면 보는 것이 맞겠지만 육아서를 읽고 나서 '나는 왜 이럴까? 엄마 자격이 없나 봐……'라며 자존감이 무너지는 사람이면 차라리 안 보는 편이 좋다고 생각한다.

나는 후자 쪽에 속한다. 육아서를 읽고 나면 스스로를 너무 자책하는 타입이었다. 처음엔 시중에 나와 있는 여러 육아서를 열심히 읽어보았지만 읽고 나서 마음이 너무 무거워졌다. 내가 부족해서겠지만 무조건 엄마가 바뀌어야 한다고 하고, 엄마가 잘해야 한다고 하는 육아서뿐 아니라 매체들도 다 마찬가지였다. 요리도 척척 잘하고 홈스쿨링으로 언어쯤은 엄마가 직접 가르치고 창의적으로 키우려면 여러 가지 활동을 해줘야 하는 요즘.

그런데 좀 못하는 엄마도 있을 수 있는 거 아닌가.
엄마가 책을 보면 무조건 애들도 책을 본다? 아니다.
책을 안 보는 애들도 있다. 다 케이스마다 다른 것이다.

아이마다 다르고 엄마들마다 유형이 다르니 무조건적으로 육아서나 매체에 의존할 필요는 없다. 엄마표 집밥으로 애를 키우면 얼마나 좋을까? 하지만 가끔은 김뿌시래기에 밥 조물조물해서 주먹밥으로 끼니를 때운다고 엄마의 사랑이 적어지는 것은 아니다. 이불 다 털고 청소기 깔끔하게 돌린 후 걸레질까지 해서 깔끔한 집 상태로 하원하는 아이들을 반겨주면 좋겠지만, 가끔

너무 피곤하다면 아이들 보내고 낮잠을 잘 수도 있다. 그 낮잠 덕분에 집에 돌아온 아이들과 신나게 놀아줄 에너지를 보충할 수 있다면 그걸로 된 것이다.

조금 부족한 면이 많아도 사랑하는 마음만은 아끼지 말고 넘치도록 표현하는 게 엄마가 할 일인 것 같다.

절대로 내가 오늘 청소 안 하고 낮잠을 자서 그래서 이런 이야기를 하는 것은 아니다!

나는 완벽한 엄마가 되기 위해
내 아이들을 들들 볶아가면서
스트레스 받기보다는
그냥 조금 어설프고 부족해도
아이들에게 좀 더 사랑을 주는
행복한 엄마가 되어야겠다.

# 여보, 그만!

아이들이 어렸을 땐 남편의 늦은 귀가가 불만이었던 적이 많았다. 사회생활을 안 해본 것도 아니고 내 의지와는 달리 생기는 술 야근이 많아지는 걸 머리로는 이해하지만 마음속으론 왜 그렇게 섭섭했는지 모른다. '조금만 더 일찍 와서 애들 얼굴 좀 봐주지, 한 번만 더 안아주지, 애는 나 혼자 키우는 거냐?' 싶은 투정이 생겼던 것 같다. 남편이 일찍 퇴근해 집에 오면 애들이 밥 먹고 놀고 있을 때거나 술 한잔을 하고 오는 경우엔 이미 양치 끝내고 씻고 잠자리에 들고 난 후다.

잠자리에 들고 난 후라……. 사실 말은 너무 쉬운데 아이들은 잠자는 게 어쩜 그렇게 힘든 일인지 모른다. 잠만 자라고 하면 그때부터 쉬가 마렵고, 책도 읽고 싶고, 궁금한 건 왜 그렇게 많이 생기는 건지 잠이 들기까지 "자자!"라는 말을 몇 번씩 되풀이하는지 모르겠다. 말귀 알아듣는 녀석이나 자라고 타이르며 계속 이야기해보지, 그것도 아닌 꼬꼬마 아이들 경우엔 아기띠로 둥가둥가 해서 재워야 되는 상황이다.

그렇게 힘들게 재워놓고 이제 좀 자유 시간을 누려보려는 찰나, 술 한잔 걸친 남편이 퇴근해 집에 왔다.

술자리가 일의 연속인 것도 알고 그 늦은 시간 들어왔을 때 아이들 예쁘게 자고 있으면 너무 귀엽고 사랑스러운 것도 알겠는데 제발 힘들게 재운 애들은 건들이지 말았으면 했다. 아니나 다를까, 남편은 소주 냄새 잔뜩 풍기면서 잠든 아이들 곁에 다가갔다. 아침에 분명 면도하고 나갔음에도 밤이 되면 왜 그렇게 도깨비마냥 수북하게 수염이 나는 건지 까칠까칠한 얼굴로 아이들 볼에 얼굴을 맞대고 비비적거렸다.

이제 막 잠들었다고 말리는데도 징징거리는 아이들이 그저 귀여운 듯 얼굴을 비벼대는 남편. 하지 말라고 하면 아이들이 너무 귀엽다고만 한다. 수염이 워낙 많은 사람이라 자다가 말고 아빠의 수염 폭격을 맞은 아이들은 뭔 죄인가 싶지만 종일 밖에서 일하다 이제 집에 왔는데 이불 빵빵 차고 세상모르게 자는 꼬맹이들이 얼마나 천사같이 귀여울까 그 마음은 백번 이해가 되었다.

하지만 그렇게 애들 깨워놓고 나서 남편은 조용히 나가서 잠들어버린다. 결국 또 애들 재우기 담당은 내 몫!

도대체 나는 언제 쉬냐고! 남편, 나 육퇴 좀 하면 안 되겠니?

온종일 일하고 와서
애들 보듬는 시간이 그때뿐인 건 안다.
꽃같이 이쁜 내 새끼 잠자는 모습
이뻐서 그러는 것도 알고 있다.
하지만 자는 애 깨우지는 맙시다!
술 먹고 온 날은 유독 과하게 부비적부비적~
애들 다 깨워놓고
꿈나라로 가버리는 애들 아빠.
달래서 재우는 건 엄마 몫이라고!

에피소드 50

# 시원섭섭한 독립

첫째가 초등학교 3학년 즈음 혼자 자겠다고 했을 때는 내 옆에 둘째, 셋째가 있어서 그랬을까? 섭섭하단 생각이 덜했다. 우리 큰아들 많이 컸네, 그래, 독립해야지, 라고만 생각했다. 어느 날, 둘째가 온 가족이 모여 있는 식사 시간에 자기는 이제부터 혼자 자겠다는 말을 했다. 그러니 자기 방을 만들어 달라는 것이다.

우리 집은 방 세 개짜리 33평 아파트다. 안방에서 나와 둘째, 셋째가 자고, 작은방은 컴퓨터와 공부를 하는 방으로 쓰고 있다. 나머지 방 하나는 첫째가 쓰고 있다. 그런데 둘째의 방을 달라니. 어쩜, 지 형아랑 똑같은지 모르겠다. 첫째 녀석도 딱 열 살 되던 해에 그랬다. 열 살이 사춘기 시작이라고 하더니 정말 그런가 보다. 사실 기초 작업은 일곱 살에서 여덟 살 넘어가는 초등학교 1학년 때 하는 것 같다.

아마도 환경에 변화가 있으니 그때쯤 아이들 머릿속에서
과도기를 겪는 것이겠지. 우리 꼬맹이들 부모 곁을
떠날 준비를 하나하나 차근차근 해나가고 있는 모습을 보니
대견하기도 한데 한편으로는 왜 섭섭한 걸까?

막둥이가 초등학교 1학년이 되고 학교까지 엄마랑 손을 잡고
등교를 하면서 나는 궁금해졌다. 언제까지 엄마랑 이렇게 학교
에 같이 갈 거냐고 물어보니 막둥이는 자기 대학교 갈 때도 이렇
게 엄마랑 손잡고 학교 갈 거라고 큰 소리로 우렁차게 대답을 했
다. 대학교는 무슨, 초등학교 고학년, 아니 당장 1년 후만 지나면
혼자 가겠다고 할 거면서~! 다 알지만 속아주는 척 또 그렇게
꼬맹이 마음 확인하면서 아침마다 등교를 손잡고 해본다.

애들 어렸을 때는 애들 때문에 잠도 편히 못 자겠다고 난리
였는데……. 혼자 자겠다고 하니 왜 이리 섭섭하고 허전한 건
지……. 품 안의 자식이라고 했던가? 나중엔 엄마의 도움 없이
도 뭐든 척척 해내겠지. 지금은 엄마 손이 없으면 하나부터 열까
지 자기 혼자 하는 일이 많지 않지만 곧 엄마가 없어도 라면 끓

여먹으면서 끼니도 해결할 줄 알고, 더 이상 엄마가 화장실에 가 있어도 빨리 나오라고 울고불고 하지도 않을 것이다. 큰아이가 어찌 커가고 독립을 하는지 봐왔으니 잠자리 독립을 한다는 둘째를 쿨하게 보내주면서 막둥이는 좀 더 끼고 자고 싶어진다. 이 녀석들아, 엄마 품을 조금만 천천히 벗어나 주겠니?

이제 엄마 없이 자도 무섭지 않은 나이.
괜히 섭섭해지려고 한다.
하지만 자기만의 공간이 필요한 거지
엄마가 필요 없어진 게 아닌 걸 알아.
가끔 비가 와서 스산한 날이나
무서운 악몽을 꾸는 날엔
언제든 엄마에게 와도 괜찮아.
너만의 공간이 생긴 걸 축하해.

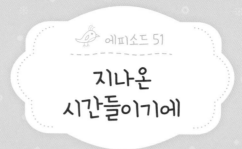

여느 때와 다를 것 없는 아침. 큰아이부터 깨워 이것저것 챙기고 나서 학교를 보내고 나면 유치원 버스가 올 시간이 다가온다. 서둘러 둘째를 깨워야 한다. 둘째 녀석은 아까 첫째 일어날 때부터 이미 일어났지만 엄마가 자기에게 올 때까지 이불 안에 숨어 있을 작정인가 보다. 이 녀석을 어떻게 꼬시지? 휴, 오늘의 미션이구나. 달래도 보고 재촉도 해가며 둘째를 깨워 준비시키는데 갑자기 우는 소리가 났다. 막둥이가 깬 것이다!

비상! 비상! 막둥이와 둘째 모두 케어하기엔 시간이 너무 부족하다. 서둘러 둘째에게 간단히 아침을 먹이고 준비해서 유치원 차를 타러 나갈 준비를 한다. 막둥이 기저귀도 봐야 하고 옷도 좀 입혀야 하고 아기띠를 입어야 하는데. 아, 내 모습……. 일어나서 나의 몰골을 챙길 여유 따위는 없었다. 원피스에 레깅스를 입은 채 머리는 대충 묶어진 그대로다. 그냥 모자 눌러쓰지, 뭐. 브래지어도 깜빡했지만 어차피 아기띠 하면 감쪽같으니까!

막둥이를 아기띠에 넣고 둘째 유치원 버스에 태워 보내고 나서
집에 들어와 보니 그야말로 전쟁터가 따로 없다.

어마어마한 아침 시간. 잠깐 엉덩이 붙일 새도 없이 막둥이 아침을 먹인 다음 설거지며 대충 거실 정리를 했다. 그러고 나니 내 밥 따위는 차려먹기가 왜 그리도 귀찮고 힘든 건지 모르겠다. 그때 차 마시러 오라는 이웃 언니의 문자에 그게 뭐라고 반가운 마음에 후딱 준비해서 이웃 언니네 집으로 고고!

"애들 때문에 정신없어서 밥도 못 먹었지?
앉아 봐, 내가 밥 차려줄게."

따뜻한 꽁치김치찌개와 밑반찬이 차려지는 식탁을 보니 왜 갑자기 눈물이 나는 건지 모르겠다. 아가랑 놀아줄 테니 편하게 밥 먹으라는 언니의 배려에 눈물을 꾹 참고 밥을 먹었다. 맛은

또 어찌나 꿀맛이던지.

문득 오늘 아침 허둥지둥 대충 점퍼 하나 입고 모자를 눌러쓴 아기 엄마가 생각났다. 앞으로는 아기띠를 둘러메고 큰아이로 보이는 아이의 손을 잡고서 허둥지둥 유치원 버스를 마중 나온 그 엄마. 차량 탑승 시간엔 늦은 듯한데 아이는 장난을 치며 걷고 아기띠 안에 아가는 울어대서 정신이 없어 보이던 모습. 아기 엄마를 보면서 왜 그때 그 이웃 언니가 생각났는지 모르겠다. 그 이웃 언니도 날 보며 이런 마음이 들었을까 싶었다. 얼마나 외롭고 힘들고 내 밥 하나 챙겨먹기가 힘든지. 이미 지나온 길이라 더 짠해 보였다.

 자신에게 쓰일 시간이
턱없이 부족하다는 것을
누구보다 더 잘 알기에
아기띠 하고 모자 눌러쓴
애기 엄마 모습이
더 짠해 보였는지도 모르겠다.

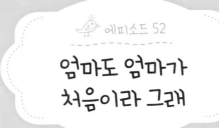

에피소드 52

# 엄마도 엄마가
# 처음이라 그래

아이들이 어릴 땐 육체적인 자유가 없어서 너무 힘들었다면 아이들이 점점 크고 나니 정신적으로 아이와 부딪히는 일들이 많아졌다. 누군가는 사춘기를 질풍노도의 시기라고 했다. 사춘기 아이들 둔 부모의 심정은 바람 앞에 촛불과도 같을 것이다. 아이의 말 한마디, 행동 하나에도 의미와 뜻을 부여하고 가슴 졸이며 아이를 지켜봐야 한다. 참아야 하는 것도 알고, 아이의 본심이 아닌 것도 알지만 가끔은 아이가 무심코 내뱉은 말 한마디에 가슴에 비수가 꽂힌 듯 상처를 받는다. 어떨 때는 참고 참다가 욱! 하고 폭발하는 날이 있다.

사실 어른인 척하지만 엄마아빠도 부모이기 이전에 나약하디 나약한, 아직까지도 배워야 할 것들이 많은 보잘것없는 인간이

다. 어제는 분명 내일부터 잘해보고자 했지만 하루가 지나 오늘이 되면 또다시 후회하는 일들이 가득할 수밖에 없다.

애들 아빠도 아빠였던 적이 없고 나도 엄마가 처음이라 어떤 날은 맑았다가 어떤 날은 흐렸다 한다. 어느 날은 내 아이가 미치게 예뻐 죽겠고 사랑스럽다가 또 어느 날은 내 속으로 낳은 녀석이지만 속을 모르겠으니 참 얄밉고 속상하기도 하다.

하지만 밉다고 미워질 수 없는 게 자식이다. 내일 또 밥을 차려주고 입을 옷을 챙겨주고 머리를 쓰다듬으면서, 하루를 잘 보내보리라고 기약하며 한 번 더 믿어보는 거겠지. 아이의 모진 말을 그냥 넘길 법도 한데 오늘도 아이에게 모진 말을 해버렸다. 첫째 아이는 몇 번의 실수를 거듭하는 것 같다. 한 번 더 참았으면 됐을 일을……. 한 번 더 다독였으면 되는 것을……. 괜한 말을 해서 엄마도 울고 아이도 울어버리게 만들었다. 동생들 잠자리를 봐주고 큰아이 방에 와보니 눈가에 눈물이 맺혀 있다. 울다 잠이 든 녀석을 보니 마음이 좋지 않다. 어느 부모가 내 자식 눈에서 눈물 나는 게 좋을까. 내 새끼 마음 다치는 것 좋아할 부모는 세상 어디에도 없다. 나중엔 허허 웃으며 회상할 날이 오긴 하는 건지, 사춘기 반항의 시간은 참 더디게 지나가는 것 같다. 얼마나 더 다짐하고 힘들어해야만 성인군자 같은 대인배 엄마 아빠가 되는지 모르겠다. 오늘도 잠든 아이들 얼굴을 보면서 내일은 꼭 예쁜 말을 건네고 사랑스러운 얼굴에 미소를 가득 담고 대해야지, 다독이는 밤이다.

요즘 한참 예민한 사춘기 아들 녀석과
목소리를 좀 높였던 날.
울다 잠든 너를 보고 있자니
엄마도 무척이나 고단한 하루였지만
너 또한 그랬겠다 싶다.
엄마도 네가 처음이라 많이 어리숙해서 그래.
우리 내일은 사이좋게 지내자.

# 5장

# 걱정 마요,
# 충분히 잘하고 있어요

# 제일 큰 효도

아이들을 키우다 보면 병원 갈 일이 자주 생긴다. 한번은 큰아이 머리 위로 전등이 떨어져서 피가 철철 나는 걸 틀어막고 미친 듯이 병원으로 달려가 상처를 꿰맨 적도 있고, 둘째가 그네를 타다 머리가 찢어져 응급실에 들쳐 메고 간 적도 있다. 열이 나고 토해서 병원에 가봤더니만 급성장염이라고 해서 두 녀석 다 입원을 하기도 했다. 폐렴, 수족구, 눈병 등 수없이 병원을 들락거렸던 것 같다. 그래도 좀 커서 학교 들어가면 덜하겠지 싶었는데 아니었다. 남자아이들은 어려서나 커서나 병원에 가는 일이 생활화되어 있나 보다. 그러다 보니 우리 집 비상약통은 언제나 이런저런 물품들로 꽉 차 있다. 붕대, 드레싱밴드, 소독약, 안연고부터 시작해서 다양한 약품이 한가득이다.

신기한 점은 그게 다 유용하게 쓰이고 있다는 거다. 초등학교 고학년부터 시작해서 중학교를 입학하기 전까지 큰아이는 자전거를 엄청 즐겨 탔다. 한때 브레이크를 떼어내는 말도 안 되는 유행이 있었는지 브레이크를 떼어내는 아이들도 많았다고 한다. 하루는 큰아이가 전화를 했는데, 자전거 타다가 넘어져서 다리가 찢어졌다고 했다. 마침 근처에 있던 아빠가 아이를 픽업해서 집에 데려온 후 봤더니 무릎과 팔꿈치, 종아리까지 피가 철철 나는 게 아닌가!

오늘도 한 건 하셨구나, 아들! 장하다!
장해서 아주 징~할 정도다!

또 한번은, 중학교 때 있었던 일이다. 큰아이가 급식 시간에 줄을 서서 기다리다가 친구들하고 계단에서 장난을 쳤던 모양이다. 학교에서 갑자기 걸려온 담임 선생님의 전화에 놀라서 부리나케 가보니 큰아이가 퉁퉁 부은 발을 쩔뚝거리면서 걸어오고 있었다. 이게 끝이 아니다. 축구를 하다가 발이 꺾였다며 병원에 데려가셔야 할 것 같다는 양호 선생님의 전화를 받기도 했

절찬리 육아중

다. 병원에 갔더니만 인대 파열이 되었다고 해서 깁스를 꽤 하고 있기도 했다. 그렇게 학교 번호로 전화가 오니까 이제는 발신자에 '학교'라고만 찍혀도 무슨 일인가 심장이 쿵 하고 떨어진다.

학교 들어가서 아이가 하는 제일 큰 효도가 학교에서 전화 안 오는 것이라는 선배맘들의 이야기를 흘려들었는데 그 말이 이런 거였구나 싶었다.

아들들아! 엄마 안 심심해. 정말 바쁘거든. 그러니 이렇게 학교에서 전화 오는 서프라이즈는 사양할게~! 제발 학교에서 전화가 안 오게 해다오~ 플리즈~~!

회사 다닐 때 제일 무서운 전화는
일찍 퇴근했는데 걸려오는 상사 전화였고
결혼하고 나서 제일 긴장되는 전화는
시댁에서 오는 전화다.
그리고 엄마가 되고 보니 제일 무서운 전화는
바로 학교 전화인 것 같다.
아들 셋을 학교에 맡기고 있다 보니
학교 전화는 괜히 긴장이 된다.

에피소드 54

# 마음 아프지 말기

초등학교 5학년 때부터 슬슬 큰아이가 변하기 시작했다. '아가 아가' 하던 모습은 어디로 가고 점점 고집이 세졌다고 해야 하나. 그땐 그게 사춘기라는 것인지 몰랐다. 그러다 6학년이 되고는 엄마아빠가 한번 말을 하면 듣지도 않고 대답도 안 하고 한 번 더 같은 소리를 하면 짜증을 내기 시작했다. 학원도 자주 빠졌고 방과후 수업도 안 가는 날이 많았다. 학원도 아이와 이야기해서 등록한 거였고, 방과후 수업 역시 아이의 동의하에 등록을 한 거였다. 하지만 아이는 시시때때로 뜬금없는 이유들만 늘어놓았다.

"축구하느라 못 갔어요."

"자전거 타느라 전화 못 받았어요."

처음엔 부드럽게 타이르려고 애썼다.

"이상하네. 엄마가 볼 때마다 휴대폰을 하고 있는데 왜 엄마아빠가 전화를 하면 전화를 못 받는 거니? 그리고 부재중이 떠 있으면 연락을 해주면 안 되겠니?"

하지만 아무리 이성적으로 이야기해도
벽에 대고 혼자 말하는 기분이었다.
그렇게 중학생이 된 녀석은 점점 입을 닫았다.

중학생이 되고 학교에서 심리 조사란 것을 했던 모양이다. 어느 날 담임 선생님이 전화를 하셔서 무척이나 조심스럽게 이야기를 시작하셨다.

"어머니 놀라지 마세요. 지금 희태가 자살 확률 고위험군이에요. 불안감이 상당히 높게 나왔어요."

물론 그날그날의 감정 변화에 따라서 수치는 달라질 수 있고 그 조사 결과가 전부가 아님을 선생님은 여전히 조심스럽게 말씀하셨지만, 순간 망치로 머리를 한 방 맞은 것처럼, 가슴이 터질 듯 복잡했다.

지금 이 녀석에게 무슨 일이 생긴 걸까?내 아이가 어떤 생각을 혼자 말 못할 고민이 있는 건 아닐까?

내가 뭘 잘못하고 있는 건가?

흔히들 사춘기가 오면 불안감이 높아지고 불만도 많아진다고 한다. 하지만 자살이라는 단어는 초보 엄마인 내게 너무 무서운 말이었다. 당장에 누군가가 우리 아이를 잡아 먹어버릴 것 같은 불안감이 엄습해왔다.

그날 학교를 다녀온 아이를 불러, 앉아서 이야기를 하자며 내 앞에 앉혔다. 그런데 나도 모르게 내 앞에 앉아 있는 이 등치만 커버린 녀석을 보고 있으려니 눈물이 왈칵 쏟아지는 게 아닌가. 갑자기 울어버리는 엄마를 보더니 아이는 놀라서 토끼 눈이 되어서 날 바라본다. 조심스럽게 선생님과 통화 나눈 이야기를 하고 요즘 심정이 어떤지 물어보았다.

"엄마 걱정 마세요. 저 그런 거 아니에요.
그날 검사할 때 기분이 별로여서 좀 부정적으로
체크를 해서 그랬나 봐요. 엄마 아들 믿으세요."

아이의 한마디에 마음이 놓이긴 했지만 흐르는 눈물이 멈추지 않았다. 그런 엄마를 보니 무뚝뚝하던 큰아이도 눈물이 나오는지 고개를 돌려 휴지로 눈을 닦아냈다. 아이를 이해한다고 해놓고, 사춘기니까 그럴 수 있다고 했으면서, 나도 모르게 너무 다그친 것은 아닐까 걱정이 됐다. 그리고 이 녀석들을 키우는 데 무엇이 중요한지 한 번 더 생각하게 됐다. 아들아~ 엄마는 네가 행복하길 바란단다. 너를 잃고 싶지 않다. 나 자신보다 더 소중한 내 첫아들…….

혹시라도 널 잃을까 봐 엄마는 겁이 났어.
네 마음이 많이 아팠는데
엄마가 모르고 있었을까 봐,
머릿속이 하얘지고 눈물이 계속 나더라.
울 아들, 커가는 과정일 텐데
엄마는 너가 변했다고만 생각했어.
내가 먼저 조바심 내지 않을게.
대신 엄마가 항상 옆에 있는 거 알고
힘들면 신호 보내줘.

# 에피소드 55

# 사랑은 후회 없이
# 표현하는 것

위로는 언니 둘, 밑으로는 남동생 둘 사이에 껴 있지만 딸 중에서 막내인 나는 그럼에도 불구하고 상당히 무뚝뚝하고 애정 표현이 없는 편이다. 남편도 마누라가 애교가 없다면서 장난 섞인 말로 툴툴거리기도 했지만 이런 나를 좋아해서 결혼한 거니 그러려니 한다. 그런데 어쩜 그렇게 노력해도 안 되던 애교가 아들들 앞에서는 무장 해제가 되는 것일까?

"우리 아드을~~! 그래쪄요옹~?"

혀 짧은 소리는 기본이고 하루에도 몇 번씩 뽀뽀해달라고 얼굴을 들이미는 나.

사실 큰아이도 아직은 아이지만 동생들에 비해서 더 커 보이는 건 어쩔 수 없다. 그래서 그랬을까? 동생들이 태어나고는 큰아이에게 애정 표현은 좀 데면데면하지 않았나 싶은 생각이 들었다.

한번은 큰아이와 무슨 일로 다투게 되었는데, "우리 식구들은 아무도 절 안 좋아하는 것 같아요."라고 말해서 무척 충격을 받았다. 그 말이 왜 그렇게 마음을 후비고 가슴에 콕 남던지. 그후로 정말 무던히 애를 썼다.

처음이 어렵다. 한번 안아보자고 하면 됐다며 손사래 치던 녀석이, 다음 날에 안아보자고 하면 그냥 슬쩍 어깨만 부딪히다가 그다음엔 가슴에 폭 안기게 된다. 얼마나 사랑하는데 그걸 몰라! 가족끼리는 말 안 해도 다 아는 거 아냐, 라고 생각한다면 놉! 전혀 그렇지 않다.

사랑한다는 말은 마음속에 품고 있으면 모른다.
입을 열어 말로 옮겨야 한다.
마음은 표현해야지 아는 것이다.

이제 엄마보다 키도 훌쩍 크고 목소리도 굵어진 아들 녀석에게 사랑 표현을 하라는 것은 남편에게는 어쩌면 오글오글 할지도 모른다. 그렇지만 지금 아니면 우리 아들에게 사랑한다 표현 못하는 마지막이라 생각하고 애정 표현 좀 많이 해달라고 부탁을 했다. 나 역시도 평상시보다 더 표현을 하려고 노력을 했다. 학교 다녀와서 교복을 입고 소파에 누워서 휴대폰을 하고 있다면, 평소 같았으면 교복 벗고 씻으라고 몇 번씩 이야기했겠지만 이제는 한번 이야기하고 아이가 듣지 않으면 아이에게 다가가서 다리도 쭈물거리면서 "울 아들내미가 학교에서 피곤했나? 엄마가 교복 벗겨줄까?"라고 장난을 걸 수도 있는 여유가 생겼다.

엄마아빠가 뽀뽀해달라고 하면 처음엔 쭈뼛거리던 녀석이 요즘엔 두 팔을 벌려서 자기 가슴 팡팡 치는 귀여운 제스처를 취한다. 어떤 날에는 본인이 먼저 엄마를 안아드리겠다고도 한다.

예전에 우리 집 멍멍이를 가만히 보던 큰아이가 이 녀석도 자기 엄마가 보고 싶겠지 않느냐고 나에게 물었다. 왜 그런 생각을 했는지 물어보았더니 어려서 엄마가 필요할 텐데 엄마랑 떨어져서 우리에게 왔으니 잘해줘야겠다고 했다. 그래서 그런지 큰아이는 멍멍이 야단치는 것을 많이 싫어한다. 시크한 척 보이지만 마음이 여린 녀석. 너도 엄마랑 헤어지면 엄마가 보고 싶을 것 같으냐고 물어봤더니만 뭐 그런 걸 물어보냐는 듯이 어이없게 쳐다본다.

"엄마가 당연히 보고 싶죠."

자기는 나중에 커서도 엄마와 함께 살고 싶다는 녀석. 무심한 듯 무뚝뚝한 이 녀석도 나름 엄마한테 사랑한다고 표현하느라 애쓰고 있구나 싶었다. 아이가 어릴 때 마구 퍼붓던 사랑 표현이, 점점 아이가 자랄수록 줄어들게 된다. 오늘이 마지막인 것처럼 아이에게 사랑한다고 많이 표현해야겠다.

절찬리 육아중

사랑은 표현해야 내 마음에서
상대의 마음속에 새겨지는 거라고 했다.
무뚝뚝한 엄마가 변하려고 하듯
우리 아들도 서툴지만 애쓰고 있구나.
너의 그런 멘트 하나하나가
엄마게는 큰 힘이 되는 거 아니?
근데 커서도 같이 사는 건 아닌 거 같아.
커서는 독립하자~ㅋ

걱정 마요, 충분히 잘하고 있어요

에피소드 56

# 육아 동지

남자들이 모이면 군대 이야기, 군대에서 축구한 이야기를 한다고 한다. 결혼한 여자들이 모이면? 흔히 시댁 이야기, 자식 이야기, 남편 이야기 그리고 자신에 대한 이야기를 하게 된다. 어쨌거나 한 다리 건너인 시댁이나 멀리 사는 친정보다는 지금 이 순간 같은 육아를 하며 치열하게 살고 있는 육아 동지가 가끔은 위안이 될 때가 많다.

한번은 몸이 너무 안 좋아 입원한 적이 있었다. 어차피 시아버지도 아프셨고 알린다고 해서 딱히 해결책도 없이 걱정만 시켜드리는 것이니 시댁에 알리지 않았다. 거리가 먼 친정에도 알리지 않았다. 결혼을 했고 독립을 했으니 남편과 내가 꾸릴 가정 내에서 일어나는 일은 우리가 해결하는 게 맞다는 생각에서였다. 내가 병원에 입원해 있는 동안 남편은 일하랴, 아이들 뒤치다 꺼리하랴 정신이 한 개도 없었을 것이다.

그때 '이 남자도 참 고생하는구나' 싶었다. 십여 년 세월 동안 서로 적당한 페이스를 조절하며 잘 지내준 육아 동지이니까 그것만으로도 참 감사한 내 편이다.

나는 혼자 먹는 밥이 세상에서 제일 싫다. 그래서 아무도 없는 낮 시간에는 거의 밥을 먹지 않는다. 군것질로 대충 때우거나 아침에 애들이 먹고 남긴 걸로 때운다. 가끔 혼밥이 너무 싫을 때면 동네 언니들하고 같이 먹는데, 왜 그렇게 꿀 같은지 모른다.

언니들이 요리를 잘하기도 하지만 혼자 TV 틀어놓고 먹는 무료한 식사 시간이 아니라 애들 이야기, 남편 이야기, 하다못해 의미 없는 수다라도 그렇게 누군가와 이야기하면서 밥을 먹는다는 게 참 힘이 된다.

가끔 가다 신랑과 한판 싸움을 벌이고 나면 근처 사는 육아 동지 언니들과 술 한잔으로 마음을 풀고, 아이들 때문에 속상한 마음을 차 한잔으로 다독여보기도 한다. 연고 없는 타지에서 어느 누구의 도움 없이 오롯이 혼자 아이들을 키워가면서 스스로 도닥이고 있는 우리들. 며느리, 엄마, 와이프라는 자리에서 묵묵히 일하면서 아무도 인정해주지 않지만 우리끼리는 서로 잘하고 있다며 우쭈쭈 해주면서 힘이 되어주는 존재들.

인생의 그 어느 시기보다 열심히 살고 있는 나와 함께 해주는 육아 동지들에게 소소하게나마 위안이 되어줘서 고맙다고 전하고 싶다.

친정도, 친구도, 가족도 아닌
이 사람들은 왜 이렇게
의지가 되고 힘이 되는 건지.
시월드에 치이고 애들 때문에 속상하고
남편한테 짜증 날 때마다
어깨 한번 도닥여주다 보니
어느새 친구들보다 더 가까워졌다.

# 행복지수 99.9%

큰아이의 불안감 지수 검사 결과가 걱정이 되어서, 지적이나 잔소리보다는 사랑 표현, 칭찬을 해주려고 애를 쓴 지 1년이 지났으려나? 중학교 2학년이 된 큰아이가 학교에서 '나의 강점 테스트'란 걸 해왔다. 학교에서 뭘 검사했는데 이상하게 나왔다길래 순간 나는 또 1년 전 그런 검사인 건가 싶어 덜컥 겁이 났다. 엄마가 놀라는 모습을 보자 의미심장한 웃음을 지으며 큰아이는 결과지를 나에게 건네주었다. 나의 강점 테스트라는 제목의 결과지였는데 '주거 환경 만족도 93.3%(높음), 가족 만족 99.4%(높음), 친구 만족 95.5%(높음), 자기 만족 97.7%(높음), 학교 만족 96.4%(높음)'이라는 결과가 보였다.

주책없이 왜 또 눈물이 나오려고 하는 것인지……. 나는 별다른 말 없이 결과지를 계속 바라만 봤다. 무슨 인생 성적표도 아닌 것이, 이렇게 감동스러울 건 또 뭐람~!

　다른 학부모들 같은 경우 어디 대회 나가서 1등을 한 것도 아니고 공부 100점 받아온 것도 아닌데 뭐 그리 오버를 하나, 싶겠지만 불과 1년 전 가족에 대한 믿음이 낮고 불안감 수치가 높았던 터라 내게는 잘나온 성적표를 받은 것보다 훨씬 더 기분이 좋았다.


"엄마, 사는 게 재미없어요."

"우리 가족은 날 안 좋아하잖아요."라고 말하는

사춘기 아들의 날카로운 말이 가슴에 꽂혀서 쓰리고 아렸는데

이제는 상처가 좀 아물어 가나 보다. 무엇보다도 아이의

행복도가 높다고 하니 그 어떤 성적의 1등보다 행복했다.


　공부도 잘하면 좋겠지만 지나고 보니 사실 살아가는 데 공부보다 더 중요한 건 얼마나 내 삶을 만족하며 사느냐, 얼마나 즐겁게 사느냐다. 그리고 가장 가까운 가족과 친구들과 얼마나 함께하느냐인 것 같다.

예전에 큰아이와 피부과를 같이 간 적이 있다. 집을 나와서부터 줄곧 휴대폰만 보고 있는 녀석이 조금 얄미웠지만 엄마가 하는 말에 대답은 다 하고 있으니 그게 어디냐며 위안을 삼아보았다. 그러다가 집 앞 삼거리 큰 차가 많이 다니는 길에서 신호를 기다리는데, 큰아이가 나를 살짝 잡아당기면서 위험하다고 안쪽으로 오시라고 했다. 코너 쪽에서 차가 오는 것을 보고 엄마를 지키려고 한 것이다. "와~ 울 아들 매너 장난 아닌데~"라며 칭찬을 해주었더니 씩 웃으면서 그 정도는 기본이라고 엄마의 칭찬에 귀여운 허세를 부린다.

그러다가 엄마를 놀리려고 엄마 언제 이렇게 작아지셨냐고, 예전엔 엄청 커 보이시더니 점점 더 작아지시는 것 같다고 하며 엄마를 아래로 내려다보며 장난을 쳤다. 밖에 나가면 항상 엄마 손잡아야 하고 좀만 걸어도 엄마 바지 부여잡고 어부바 해달라던 그 꼬맹이가 이제 엄마보다 부쩍 컸다.


운동한다고 하더니만 어깨도 더 넓어진 아들을 보니 괜히 더 든든해 보였다. 그렇게 엄마보다 훌쩍 키가 크고 어깨가 떡 벌어지고 목소리가 걸걸해지고 이제 팔씨름도 쉽게 이기지만 나는 이 녀석이 여전히 귀엽기만 하다. 사춘기가 되고 목소리가 걸걸해지면 징그럽지 않냐고들 하지만 그런 모습조차도 이뻐 보이는 게 난 고슴도치엄마가 확실하다.

불안감 수치가 높게 나왔다던 검사 결과지를 받아온 날, 자살 확률이 높게 나왔다던 담임선생님의 전화를 받은 날, 힘들었을 아이를 생각하니 잠 한숨을 잘 수 없었는데 이제부터 꿀잠을 잘 수 있겠구나~

아들아, 엄마는 너의 행복지수가 변함없이 높았으면 좋겠다. 울아들 꽃길만 걷자~!

엄마가 하나부터 열까지 보살펴줘야 했던
꼬꼬마 녀석이 언제 이렇게 커서
엄마의 안전을 챙기는 거야.
관심 없는 척, 무뚝뚝한 척해도
엄마 말 하나하나에 다 귀 기울여주는
너란 녀석.
이런 행동 하나하나에
엄마 광대가 아주 승천을 하는구나~!

걱정 마요, 충분히 잘하고 있어요

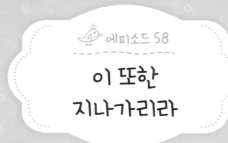

에피소드 58

# 이 또한
# 지나가리라

친구들보다 일찍 시작한 결혼 생활과 육아. 그런데 어찌 된 일인지 친구들은 아이를 하나나 둘만 낳아서 일찍 육아를 끝나던데 정신 차려보니 셋씩이나 낳아 친구들보다 오래 육아를 하고 있다. 이런 나를 보고 친구들이 너는 먼저 육아를 시작했는데 아직도 그러고 있으면 어쩌냐며 우스갯소리를 한 적이 있다. 다들 하나씩만 낳는 요즘 세상에 뭐 그렇게 대단한 육아하겠다고 쥐뿔, 가진 것도 없으면서 무슨 배짱으로 애를 셋이나 낳았는지 나도 참 많이 용감한 것 같다.

무지하면 용감하다고 했던가? 애를 키우는 게 이렇게 힘든 일인 줄 몰랐다. 모르는 사람들은 이제 애 다 키웠다며 부럽다고들 한다. 하지만 어쩌면 지금부터가 시작인 것 같다. 자아가 확실하게 자리 잡히는 아이들은 하루에도 수십 번 기분이 흐렸다 맑았다 한다. 당최 그 기분을 일일이 맞춰드리기가 힘들다. 이건 무슨 도 닦는 기분이랄까? 묵언 수행도 했다가 눈치 수행도 했다가 가끔은 물질 공세까지 해야 한다.

집에서 애 키우는 거 쉽다고 한 사람 누구야?
40년 사는 동안 지금이 젤로 힘들구먼.

큰아이가 초등학교 고학년이 되면서부터 중학교 1학년 때까지 많은 다툼이 있었다. 아이와 의견 트러블이 생길 때면 언성을 높여 싸우기도 했고 그러다가 애도 울고 나도 울기도 했다. 내가 아이를 잘못 키운 것일까? 이 녀석이 왜 이러는 것일까? 걱정이 돼서 그땐 혹시 모르는 마음에 도서관에 가서 사춘기 관련된 책을 손에 잡히는 대로 읽어봤던 것 같다.

책들을 읽으면서 나는 더 힘들었다. 모든 게 내 잘못인 양 말하는 책들이 미웠다. 아이가 비뚤어질 때마다 내 스스로를 많이 자책했던 시간들이었다. 이제 와 큰아이와 그때 이야기를 하면 자기가 이야기한 것들에 대해 좀 부끄러워할 때도 있고 미안해하기도 한다. 그런 모습을 보면 지금은 사춘기가 한 템포는 지나갔나 싶다. 사실 사춘기가 절정으로 왔을 땐 나도 아이에게 상처되는 말을 하기도 했고 아이 역시도 나와 남편에게 뼈에 사무치는 말을 많이 했던 것 같다. 큰아이는 격동의 사춘기가 지났는지 지금은 조금 잠잠해진 것 같다. 그렇지만 말 한마디 한마디가 눈치보이는 예민쟁이 사춘기 준비생 둘째 녀석, 아직 일상의 모든 게 신기하고 재미있는 깨발랄 막둥이까지, 아직 갈 길이 멀다.

지금이 제일 중요한 때고 행복을 안겨주는 시기인 것은 알겠다. 내가 낳아놓았으니 끝까지 잘 보듬어서 사람 만들어야 하는 것도 알겠지만 가끔씩 힘들게 할 때면 유리구슬 멘탈을 가진 엄마는 참으로 힘이 든다.

그래도 지긋이 맘속에 눌러담고 소망해본다.
아직 더 겪어야 할 순간들이 많겠지만 '이 또한 지나가리라.'

너무 힘들 때면 그냥 참지 말고 그때그때 풀어버리려고 애써본다. 차곡차곡 화를 쌓아두었다가 한 번에 터뜨리는 것보다 그 편이 훨씬 나은 것 같다.

기나긴 육아를 하면서 가장 중요한 건 엄마아빠 스스로가 멘탈을 단단히 부여잡아야 한다는 점이다. 내가 대단한 육아를 하는 사람은 아니지만 흔들리는 아이 앞에서 아이보다 더 나약한 모습을 보이면 아이는 엄청나게 혼란스러워했다. 그저 아이가 아팠을 때, 아이가 사춘기가 왔을 때 단단하고 포근하지만 단호한 부모가 되어주고 싶다. 내 인생에서 다시 오지 않을 이 순간 지금을 즐기고 하나하나 소중히 기록해야지.

질풍노도 큰아들, 예민한 둘째 아들
깨방정 막둥이까지.
애 다 키웠다며 부럽다 하지 말아요.
애들 다 키우신 분들은
그때가 가장 좋을 때라고 하던데
자그마치 14년 동안 도 닦는 중이랍니다~!
지금은 내 인생에서 세상 제일 행복한 때는
맞는 것 같지만
가장 힘든 시기이기도 하다.

# 제일 예쁜 건 너희들

어느 봄날, 오랜만에 하늘이 맑은 날이었다. 막둥이와 외출하고 돌아오는 길.

앞서거니 뒤서거니 팔딱거리며 잠시도 얌전히 있지 않은 녀석을 보다가 문득 몇 해 전에 심긴 길가의 나무들이 제법 커진 게 보였다. 큰아이가 5살쯤 되었을 때 이 동네로 이사를 들어왔으니 이제 햇수로 거의 10년차에 접어든다.

처음엔 야리야리하게 나뭇가지 몇 개만 뻗어나 앙상하던 벚꽃 나무들이 꽤나 미모를 뽐내고 있었다.

나는 사람들이 붐비는 곳을 그다지 좋아하지 않아 꽃놀이를 가는 것을 별로 즐기지 않는다.

그래, 꽃구경이 뭐 별거겠는가? 좋아하는 사람과 예쁜 꽃을 보며 거닐면 그만인 것을….

살면서 꽃구경을 딱 한 번인가 가봤다가 사람구경을 하고 와서는 다신 가지 말자고 애들아빠랑 약속한 후로 한 번도 꽃구경을 안 가봤더랬다.

그날, 아이와 함께 손잡고 걸었던 집 앞
그곳 그 길이 나에겐 제일 행복한 꽃놀이로 기억될 것 같다.

벚꽃을 보고 있으니 괜히 기분이 소녀같이 몽글몽글해져서 아이에게 이야기를 했다.

"희준아, 벚꽃 봐~. 너무 이쁘다~."
엄마와는 다르게 시큰둥한 녀석을 한 번 더 불 세워서 보라고 이야기했다.
"이거 봐~."
역시나 별 반응이 없는 녀석…. 남자아이라 그런가? 아니면 아직 어려서 꽃이 예쁜 걸 모르는 걸까?
그래도 엄마가 보라고 해주니 갸우뚱하면서 꽃을 보는 녀석을 보고 있자니 어찌나 귀여운지 모르겠다.

절찬리 육아중

"근데 벚꽃보다 더 예쁜 건 뭐게?" 하고 아이에게 물어보니

아이는 방긋 웃으며
"벚꽃보다 더 예쁜 건 엄마!"라고 한다.
엄마는 벚꽃보다 네가 더 예쁘다고 할랬는데….

마음이 통한 거니? 엄마가 제일 예쁘다고 하는 막내, 엄마가 해준 게 제일 맛나다고 하는 큰아이, 엄마랑 있을 때가 제일 좋다고 하는 둘째녀석. 엄마에게 항상 사랑을 가득 줘서 고맙다.

예쁘지도 않고
일류 요리사도 아니고
재미있게도 못해주는
부족한 엄마지만
항상 좋아라 이뻐라 해주며
엄마에게 무한한 사랑을
베풀어주는 너희들이
엄마는 늘 항상 고마워~

# 인생에서
# 제일 잘한 일

사춘기의 상향 곡선이 조금씩 완만해져 가는 큰아이를 보며 가슴을 쓸어내린다. 숨통이 트일 만하니 둘째 녀석이 슬슬 발동은 건다. 그래, 말 잘 듣던 그 꼬맹이 어디로 가고 이제 반항도 좀 하고 그러는 거 보니 너도 호르몬의 변화가 생기나 보구나. 잘 크고 있군 우리 아들~ 그리고 세상 천진난만한 막둥이까지!

그럼에도 매 순간 엄마를 사랑하고 있음을 표현해주는 어마무시한 아들 셋 때문에 살아 있음을 느낀다고 하면 다들 웃으려나?

결혼은 해도 후회, 안 해도 후회라고 했던가? 만약 결혼을 하지 않았다면 혼자만의 여유를 즐기고 있겠지만 외로움을 많이 타는 나는 그 외로움을 오롯이 즐기지 못했을 것 같다. 징글징글하게 귀찮을 때도, 너무너무 미치게 귀여울 때도 많은, 육아. 답답하고 숨이 턱턱 막힐 때도 있는 '엄마'라는 타이틀 때문에 점점 내 자신이 없어지는 것 같을 때가 많다. 나름 전문직 여성으로 살아가던 때 누군들 없으리, 그래 봤자 지금 애엄마라니……

가끔은 전쟁과 같은 뒤치다꺼리나 하고 있으려고 울 엄마아빠가 비싼 학비 내줘서 공부했나 하는 생각도 든다. 우는 큰아이를 유치원 입구에서 선생님께 맡기고 도망치듯 출근하는 거, 남편이 바빠서 노숙자 꼴로 혼자 세 녀석 독박육아 하는 것도, 체력은 나가떨어질 지경인데 각기 다른 이유로 짜증 내는 세 녀석 비위를 맞추는 것도, 또 엄마는 아무것도 모른다고 외쳐대는 질풍노도 시기 그놈의 호르몬 변화까지. 엄마여서 인내하고 이겨내는 것이지, 그 시간들이 다 행복하고 즐거웠던 것은 아니다.

그래도 누군가 네 인생에서 제일 잘한 일을 꼽으라고 한다면 나는 주저하지 않고 내 아이들을 만난 것을 꼽지 않을까 싶다.

지나고 보면, 당시의 힘든 일들이 희미하게 기억되는 반면 행

복하고 예뻤던 그 순간들이 새록새록 선명하게 기억난다. 실수
투성이 엄마를 만나, 고생이 많았을 우리 삼형제들! 엄마는 너희
들을 만난 게 큰 행운이라고 생각해~ 엄마에게 너희들이 와줘
서 정말 고맙다!

아들 셋이라고 하면
사람들은 전생에 나라를 팔았느냐며,
'목메달'이라고 할 만큼 힘들 거라 말한다.
하지만 이렇게 큰 보물을 하나도 아닌
셋씩이나 얻었으니……
내 인생에서 제일 잘한 일을 꼽으라면
1초의 고민 없이
너희들을 만난 것이라고 말할 거야.
이 정도면 꽤 괜찮은 인생인 걸로~!

# 엄마 아들로 태어나줘서 고마워!

블로그에 그림일기를 그려나가는 것은 특별한 일상이 아니었다. 그날그날의 나의 느낌과 아이들과의 일들을 바로바로 스케치하며 글을 적은 것이었으니까. 그러나 책은 것은 지나온 시간들을 한데 묶어내는 것이어서 무척 조심스러웠다. 그럼에도 우리 집에 셋째가 생겨나면서 블로그에 적어놓은 사진과 일기들을 다시금 보게 되니 그때의 일들을 하나둘 회상하게 되고, 당시 생각이 나서 참 행복하고 가슴 뭉클했다.

자그마치 15년 동안 나와 남편, 그리고 삼형제 너희들도 참 애쓰며 행복하게 달려왔구나, 하는 생각이 들었다. 언제 이렇게 커버린 건지 아쉬운 마음이 들었지만 다시 키우라면 절대 못 키울 것 같다. 지금 생각해보면 겁도 없이 참 용감했던 시절이었다. 이제는 내가 너무 나이를 먹어버린 걸까, 꼬맹이들 어렸을 때 더 물고 빨고 예뻐해줄걸 하는 아쉬움이 더 크다.

　그래서 더욱 커가는 아이들의 순간순간을 아이들과 책으로 공유하고 싶었다. 모두가 같을 수는 없지만 누군가는 아이가 커가며 이런 일도 생기는구나, 하고 공감할 수 있길 바란다.

　그리고 나처럼 절찬리 육아중인 엄마들이 아이를 키우면서, 너무 순간순간 마음 쓰며 아파하며 놀라지 말았으면 한다. 지금은 엄마가 한번 안아보자 그래도 어찌나 튕기는지 모른다. 아마도 점점 더 무뚝뚝하고 말수 적어진 청년들로 자랄 테고 엄마 손이 덜 필요하며, 시간이 한참 지나서는 내가 아이들의 도움을 받아야 하는 시기도 올 테다.

　그런 생각을 하니 쓸쓸하기도 하지만 또 한편으로는 참 든든한 마음이 커진다. 풍족하지 않지만 부족함 없는 아이로 키우고 싶었던 엄마아빠에게서 이렇게 건강하고 예쁜 모습으로 자라주고 있는 우리 아이들이 너무 기특하다.

　우리 삼형제, 엄마 아들로 태어나줘서 고마워~♡

KI신서 7976

# 절찬리 육아중

**1판 1쇄 인쇄** 2019년 1월 21일
**1판 1쇄 발행** 2019년 1월 31일

**지은이·그린이** 엔쮸(장은주)
**펴낸이** 김영곤 박선영 **펴낸곳** (주)북이십일 21세기북스

**콘텐츠개발1팀** 이남경 김은찬 김선영
**마케팅본부장** 이은정
**마케팅1팀** 최성환 나은경 박화인 **마케팅2팀** 배상현 신혜진 김윤희
**마케팅3팀** 한충희 최명열 김수현 **마케팅4팀** 왕인정 정유진
**디자인** 박지영
**홍보팀장** 이혜연 **제작팀장** 이영민

**출판등록** 2000년 5월 6일 제406-2003-061호
**주소** (우 10881) 경기도 파주시 회동길 201(문발동)
**대표전화** 031-955-2100 **팩스** 031-955-2151 **이메일** book21@book21.co.kr

**(주)북이십일** 경계를 허무는 콘텐츠 리더

21세기북스 채널에서 도서 정보와 다양한 영상자료, 이벤트를 만나세요!
페이스북 facebook.com/jiinpill21     포스트 post.naver.com/21c_editors
인스타그램 instagram.com/jiinpill21     홈페이지 www.book21.com
서울대 가지 않아도 들을 수 있는 명강의! 〈서가명강〉
네이버 오디오클립, 팟빵, 팟캐스트에서 '서가명강'을 검색해보세요!

© 엔쮸, 2019

ISBN 978-89-509-7933-1 03810